弁当屋さんのおもてなし

しあわせ宅配篇3

喜多みどり

角川文庫
22885

目次

人物紹介

●久万雪緒（くまゆきお）
会社を辞めてすぐに、『くま弁』で配達のアルバイトを始める。

●大上祐輔（おおかみゆうすけ）（ユウ）
弁当屋『くま弁』の店長。「魔法の弁当」の作り手。

●大上千春（おおかみちはる）
ユウの妻。朗らかで親しみやすい女性。

●桂（かつら）
パティスリー・ミツでパティシエを目指して働く青年。

●マツシロタモツ
桂の高校の先輩。トラブルメーカー気質。

●黒川晃（くろかわあきら）
『くま弁』の常連。誰からも好かれる性格。

●粕井福朗（かすいふくろう）
『くま弁』の常連。雪緒が退職した会社に勤めている。

●久万薫（くまかおる）
雪緒の七歳下の弟。

イラスト／イナコ

•第一話• 友情の塩レモンタルト

地下鉄東豊線豊水すすきの駅から徒歩五分。

「くま弁」から通りを挟んで少し歩いたところに、二階建ての建物がある。

この建物は数年前に火事に遭った。それから随分長い間取り壊されもせずただそこに立っていたのだが、今は煤けた壁面も白い漆喰で塗り直され、綺麗な看板が掲げられている。

看板に書かれた店名は、パティスリー・ミツと読める。

十一時の開店よりかなり前、店内から若い男性が出てきて、店の周囲の掃除を始めた。

丁寧に箒で掃き清め、ドアを拭き、ガラスを磨き上げる。

店の前には大きな素焼きの鉢がある。今は五月。チューリップとムスカリが鉢から溢れんばかりに咲き誇っている。水やりをして、土と葉と花の状態を確認していると、店から声が聞こえてきた。

「桂君」

名前を呼ばれた男性は、はいと答えて掃除道具を片付け店に戻った。

店内は白を基調として淡い灰色や水色を添えたフレンチシックな雰囲気でまとめられ、窓際に置かれたアンティークらしき陳列台には素朴な焼き菓子が整然とディスプレイされている。入って正面には冷蔵ショーケースが置かれ、色とりどり、形も様々なケーキが並べられているが、まだまばらだ。

ショーケースに空きが目立つのは、これから陳列されるからだ。

桂を呼んだ男性は榎木といってこのパティスリー・ミツの店主だ。彼は幾つか指示を出し、桂もそれに従って陳列に手を加え、季節の花を飾ったりする。

榎木は次々とショーケースにケーキを並べていく。艶々のチョコレートで覆われたオペラ、旬のいちごを使ったタルトやミルフィーユ、洋酒とシロップが染みた香り高いサバラン、カシスとチョコレートを使った甘酸っぱくも濃厚なムースケーキ、さらにはチョコレートやマカロン、あるいはバレリーナのチュチュのようにクリームを絞ったデコレーションケーキなど。冷蔵ショーケースの隣にも陳列台が置かれているが、そちらには、クロワッサンやブリオッシュ、焼きっぱなしのタルト、キッシュなどが並ぶ予定だ。

母の日も過ぎて少し客足の落ちる時期ではあったが、常連がついてきたおかげでその落ち幅も小さめに抑えられている。もっと暑くなれば、アイスクリームやジュレを求める客で賑わうことだろう。

桂は小さな焼き菓子の袋を陳列していく。マドレーヌやアイシングクッキーなどの数種の焼き菓子が一つの袋に入れられ、造花のチューリップがリボンと共に添えられている。子どもの目線からもよく見えるように、陳列台の一番低い棚に置く。赤、白、黄色の花の間から四つ葉の形のアイシングクッキーが覗き、まるで花壇のようだった。

そっとチューリップの花弁を直すと、桂は軽い足音をさせて、次の仕事に取りかかった。

桂が店で立ち働いている間に、店の前に、一台のロードバイクが停まった。

乗り手である青年は、サイクルジャージにレーサーパンツ、ビンディングシューズ、グローブ、ヘルメットという格好でロードバイクを押して歩道に乗り上げてきた。店の外壁をじっと見つめていたかと思うと、どこか窺うような仕草で店の中を覗き込むが、すぐに頭を引っ込め、ロードバイクにまたがって車道に戻って去った。

その直後、桂が戻ってきて、『Closed』の面が表を向いているサインプレートをひっくり返して、『Open』の面を表にした。

やがて、小さな子どもと女性という最初の客がやってきて、店には賑やかな声が響いた。

雪緒がパティスリー・ミツに弁当を届けに来たのは、二十時少し前。

「……ん？」

何しろパティスリー・ミツはくま弁の目と鼻の先だったので、雪緒は車も乗らずに歩いて行った。横断歩道を渡っている途中で、すでに閉店したパティスリー・ミツのドアの前で身を屈めている男性に気付いた。

ランニングウェアにランニングシューズという格好で、帽子を目深に被って、サングラスをしている。とっくに日没は過ぎているが、おそらく光の刺激に弱いのだろう。交通量の多い通りでは、夜でも眩しさを感じることがある。

男性は、手に何か持っていた。街灯や店の明かりがあるとはいえ、男性の手元は暗く陰になって見辛かったが、どうも刷毛のようなものらしい。

「……ん⁉」

雪緒は思わず二度見した。男性の足元には缶が置いてある……塗料の缶ではないかと気付いて、大きな声で呼びかけた。

「あの！」

男性は弾かれたように突然身を起こし、缶や刷毛を手にそそくさと走り去った。

すると、すぐに桂が店の中から出てきて、まだ『Open』になっていたプレートを『Closed』に変えた。

「桂さん！」

雪緒は桂のところに駆けつけ、叫ぶように言った。

「今っ、今なんか変な人がいて……ドアとかどうもなってないですか⁉」

「ええ？」

雪緒と桂で店舗のドアを確認したが、白い塗料が塗られたドアには特にペンキが新しく塗られたような痕跡は見つけられない。

「どうもなっていないですね」

「良かったです……男の人が、ここで、こう屈んでいて……手には刷毛を持っていて、いかにも何か塗っているみたいで……でも、こんな時間だし、業者の人ではないだろうなって」

「うわ……悪戯描きなんてされたら落とすの大変ですよ。ありがとうございます」

「いえ、本当にびっくりした……」

悪戯描きの現場を目撃してしまったのだ。いや、どこにも痕跡がないから、未遂に終わったのかもしれないが。

だが、改めてドア周りを見ていた桂が、あ、と小さく呟いた。

「ここ、削れてる」

「えっ」

雪緒が驚いて、桂の指差すところを見ると、ドアの表面の一部だけがやすりでもかけたように削れて、塗料も剝がれていた。

「なんだろう、これ……」

桂が訝しげに呟いた。

「この傷跡みたいなの、前からあったんですか？　それとも……」

「わかんないですけど、今朝見た時はなかった気がしますね。俺、毎朝拭いているんで」

口には出さなかったが、今逃げていった男性がやったのかもしれない、と雪緒は思った。

新しい塗料を塗るために、古い塗料を落とすということはよく行われる。そうすることで塗料の乗りが良くなる。

だが、ただの落描きにそんな手間をかけるのだろうか？

「あの、今削ったのだとしたら、ドアがガタガタいったりしてました？　作業したら、中からわかると思うんですが……」

「う～ん……店閉めてから雪緒さん来るまでは、ちょっと二階に引っ込んでたからわかんないですね。榎木さんが留学した時の記録見せてもらっていて……」

「あ、足元に削りかすみたいなのありますよ」

木を削った時に出る細かなかすが足元に落ちている。暗い中でも、指で触ってみるとわかった。

「じゃあ、本当に今削ってたのか……？　とにかく、気を付けた方が良さそうですね。ちなみにどんな人でした？」

「ええと……ランニング中って感じの格好で、サングラスもつけてたので、顔はわからなくて……あ、でも背は桂さんよりちょっと高いくらいで、走るのも速くてスポーツマンっぽかったです」

「……ランニング……」

桂はぽつりと呟いた。何か思案している様子にも見えたが、ふと雪緒はここに来たそもそもの目的を思い出して、あっと叫んでビニール袋を彼の鼻先に突きつけた。

「日替わり弁当お二つお届けに来ました！　すみません、すっかり忘れて……」

ああ〜、と桂はちょっと間延びした声を発した。彼の方でも忘れていたらしい。

桂は逃げた男性をまだ気にしているそぶりを見せつつも、弁当を受け取り、会計を済ませた。

「ありがとうございます。すみません、わざわざ届けてもらって」

「いいんですよ、近いですし。あ、じゃあ、私戻りますけど、さっきの人……どうします？　警察に相談とかされるなら……」

警察、と言われて、桂は意外そうに目を見開いた。

「あ？　ああ、いや、いいですよ。その……大丈夫です。落描きまではされていないし」

「そうですか……それじゃ、あの、本当に気を付けてください」

雪緒はそう言って桂と別れたが、くま弁に戻る間も気になって何度かパティスリー・ミツを振り返った。そういえば、この建物は以前火事に遭って、長い間放置されていたと聞いたな……と思い出し、急に怖くなってしまう。たとえば、ストーカーとか、店に恨みのある人間とかに狙われているとしたら……落描きがもっと酷（ひど）い事件に発展する可能性だってあるのだ。

(通報とかはしないみたいだけど、本当に大丈夫かな)

心配になって、雪緒は少しの間、信号が変わったのも気付かず横断歩道前で立ち尽くしていた。タクシーのヘッドライトがそばで停まってようやく我に返り、道路を渡ってくま弁に戻ろうと一歩前に踏み出した。

その時、あの、と声をかけられた。

車道に出る手前で振り返ると、ランニングウェアの男性が立っていた。パティスリー・ミツの前にいて、塗料の缶と刷毛を持って逃げ出した、あの男性だ……。

「ひっ……！」

雪緒は悲鳴を上げかけた。だが思い直して、腹に力を入れて大きな声で言った。

「あなた、さっきあの店に悪戯しようとしてましたね！」

「悪戯？」

男性は、サングラスを取った。くっきりとした二重まぶたの大きな双眸が現れた。愛嬌のある顔立ちで、焦ったような、真剣な表情をしている。

「いや、悪戯なんてしてないス」

「私、見ましたよ！　さっき……ペンキと刷毛を持ってましたよね！」

声を上げながらも、雪緒は周囲をちらちらと見やった。まだそこまで遅い時間ではないのだが、残念ながら人通りは他にない。一応繁華街にも近いのだし、もう少し、もう少しくらい人気があってもよいのではないかと思うのだが、これがもう、いて欲しい時に通行人はいない。

「あ、それってこれですよね」

そう言って、男性はバックパックから何やら取り出した。

刷毛と、塗料の缶だ。

「そ……そうですが……」

「これ、塗り直そうと思って」

「え？」

男性は、屈託のない笑顔で言った。

「ドアが傷ついて、ささくれが立っていたんですよ。だから、そこだけ削って、塗り直そうとしてて」

「………え？」

雪緒は理解出来ず、もう一度聞き返した。

だが、相手は二度同じことを説明する気はないのか、突然雪緒の方に距離を詰めてきた。

「あの、それより！」

「そ、それより？」

自分が何らかの疑いをかけられているのに、それについてこれ以上釈明しようとかいう気はないらしい。

「お姉さん、桂のダチですか⁉」

びっくりした雪緒はまばたきをしてその場に立ち尽くした。

信号はぱかぱかと点滅してすぐに赤に変わってしまった。

「ジブンはマツシロタモツっていいます」

そう言って男性は雪緒に名刺を差し出した。名前が書かれているが、アルファベット表記なので漢字はわからない。携帯電話の番号、メールアドレスが記された名刺には、自転車に乗った彼の写真がプリントされている。

向かいの椅子に腰を下ろした男性は、帽子をずっと被っていたせいで、短い髪に跡がついている。肌は日に焼け、背が高く、筋張った頑健そうな身体付きをしていた。

雪緒と彼は、近所のファストフード店のテーブル席にいた。雪緒の仕事が終わってから落ち合ったので、すでに時刻は二十二時を回っている。

「それで、マツシロさんは……」

「あっ、タモツでいいっス」

「……タモツさんは、桂さんとはどういうお知り合いなんでしょうか？」

桂のことで相談したいと言われた雪緒は戸惑った。何しろ、雪緒は相手に落描き犯だとの疑いを抱いていたので。現場を目撃し、しかも声をかけた途端逃げ出されたので当然の疑いだろうとは思う。

だが、彼――タモツはささくれのあるドアを修繕しようとしたという理由を語った。

雪緒もそれを完全に信じたわけではないが、少なくとも、理屈は通る……ただの悪戯目的でやすりまでかける人間はたぶんあまりいない。それに、思い返せば桂の態度も少しおかしかった。ランニング中だったらしいという雪緒の目撃証言を聞いた途端、桂の表情が少し変わった。このタモツの存在に、心当たりがあったのかもしれない。

それでひとまず、雪緒としても話だけでも聞こうと思ったのだ。場所はこの時間でも他の人の目があって何かあってもすぐ助けを呼べそうなファストフード店を選んだ。

「桂と同じ高校出身なんです。同じ時期に学校にいたことはないんですけど、後輩の紹介で知り合いました」

金色に近い色にブリーチした髪も肌もなんとなく若々しく、桂とそこまで変わらないのかと思ったが、少なくとも三歳以上年上ということか。

だが、今の話で雪緒は何か思い出せそうな気がした。先輩……タモツ……？

「あ、タモツ先輩⁉」

雪緒は思わず大きな声を上げてしまったが、周りはそれ以上に騒がしかったので、特に目を引くようなことはなかった。

「桂から聞いてます？」

「はい、あの……ええと、確かパティスリー・ミツのマスターの榎木さんと、桂さんを引き合わせたって……」

桂はくま弁で以前アルバイトしていたため、ユウや千春とも親しい。店が近いこともあって、今も時々店に顔を出すし、ユウたちもしょっちゅうケーキを買っている。

そのため、店に来た桂と話をする機会もあり、雪緒も桂からしばしば『タモツ先輩』の話を聞いていた。桂は、タモツがスターになるため海外へ行った話やバーの共同経営をしていた話などをそれは楽しそうに語り、タモツのことを発想が自由で面白いとも言っていた。

桂はタモツを慕っているようだったし、雪緒も、いったいどんな人なんだろうと気になっていたのだ。

タモツは雪緒が桂から自分のことを聞いていると知って、安堵した様子で朗らかに笑った。

「そうなんですよ！　よかったぁ、俺めちゃくちゃ怪しまれてましたよね！　いやあ、しょうがないとは思うんですけどね、だって実際怪しかったし」

「ちょっと待ってください、じゃあ、さっきの……ペンキ塗りって、本当にドアの修繕で……？」

「そうです!!」

「じゃあ、どうして桂さんに断ってやらないんですか」

「だって、目に付いたら気になっちゃって」

雪緒は唖然とした。桂の話を聞いて想像していたよりもかなり……なんというか……暴走しがちな人のようだ。思い返せば、桂から聞いたタモツの武勇伝はどれもとんでもない行動力を感じさせる。日常の小さなことについても、同じなのかもしれない。

「可愛い後輩と先輩の店ですよ、そりゃなんでもできることはやりたいですよ。桂には、この前もフランスの土産持ってったら、喜んで受け取ってくれたんですよ。塩だったんですけどね」

「塩」

「桂もパティシエ目指してるから、なんかお菓子の素材になるものとかがいいかなって」

塩は確かにお菓子にも一摘(ひとつ)まみ程度入れることが多いのだが、パティシエを目指しているからと塩を贈るのは……何か不思議なセンスだなと雪緒は感じた。

「……それにしても、ペンキ塗るとか、せめて知らせてからの方がいいと思いますよ。塗り立てを触ったら大変だし……」

「でも、俺デキンになってんですよね」

「え？」

デキン、という音がすぐには意味と結びつかなかった。

一呼吸置いて理解する。

出禁だ。

「お店への出入り禁止ってことですか？」

「そうです、それそれ」

あっはっは、とタモツは笑った。いや、笑い事なのか？　と雪緒は混乱を深めた。

「いや……あの……どうして、でしょうか。伺ってもよろしいですか？」

「はい、勿論(もちろん)……って言いたいんですけど、あのですね、実は自分も何がどうしてそうなったのか、全然わかんないんですよねえ」

そう言ってまたカラカラと笑う。

「笑い事じゃないですよね？」

タモツは素直に申し訳なさそうな顔をした。

「あの……なんか、すみません。本当に、何が原因かわからなくて。俺は何もやってないんですけど……」

パソコンのトラブルシューティングのバイトをしていた時によく聞いた台詞だ。雪緒の言葉もついつい率直なものになる。

「何もやってないのに出禁にはならないでしょう」

タモツのようなことを言う人間は、だいたい何かしらやっているのだ。機械相手でも、人間相手でも。

「だって、俺は、ただ桂のケーキを褒めただけだったんです」

雪緒に見つめられたタモツは、困り顔でそう言った。

「褒めただけ……」

「それで、お願いがありまして」

そう切り出したタモツは深々と頭を下げ、雪緒に桂との仲裁を頼んできた。

翌日、雪緒は昼の仕事が終わると、千春にタモツのことを相談した。

くま弁の厨房奥にある休憩室は、八畳の畳の部屋で、ちゃぶ台やテレビが置かれている。奥には食器棚を備えたミニキッチンもあり、従業員の休憩の他、お客が来てゆっくり話す時などにも使われる。

座布団に座って話を聞いた千春は、んぐ、とロールケーキを飲み込んだ。たっぷりのクリームと露地栽培のイチゴをふわっふわの柔らかなビスキュイでくるんだもので、シンプルながら素材の美味しさが引き出されている。ビスキュイとクリームだけでも延々と食べていられるのに、そこにいちごの爽やかな甘酸っぱさが加わって、あっという間に一切れ食べ終わってしまった。

千春はすでに二切れ目だ。

「ケーキを褒められて、桂君が怒ったの？」

雪緒は紅茶のお代わりを入れながら頷いた。

「タモツさんはそう言ってましたね……」

林檎が香る紅茶を受け取り、千春は礼を言う。

「ありがとう。うーん……褒め方がよくなかったとか？」

「すっごく美味しかったってべた褒めしたそうですよ」

うーん、と千春はまた唸った。

「……それだけじゃないよねえ」

「私もそう思うんですが、タモツさんは、他に心当たりはないって言うんです」

普通、褒められたら嬉しいものだ。

　だが、前後の状況とか、関係性とか、積み重ねとか、色々なものが絡まってくると、そうとは限らない。

「じゃあ、ちょっと桂君に聞いてみるよ」

「ありがとうございます」

「いや、こちらこそありがとう、知らせてくれて。『タモツ先輩』には私は会ったことがなかったんだけど、桂君、この前ちょっと元気なくて気になってたんだよね……あ、二切れ目食べる？」

　と言いながら、もう千春はロールケーキを切り分けている。雪緒は皿を差し出した。

「いただきます。榎木さんのケーキすごく美味しいですね。前のタルトタタンも美味しかったです」

「あれ美味しかったね！　林檎の味がしっかりしてて、キャラメリゼされてるのがほろ苦で……。季節ごとにも色々あってさ、ロールケーキだけでも、夏は甘夏、秋は栗とチョコレートって違うんだよね」

　今年の夏も甘夏あるかな、と千春は楽しそうに語る。

「夏にまた買うから一緒に食べよ」

「あの……いつもすみません」

「いいのいいの！　一緒に食べた方が美味しいし」

　そう言って、千春はまたロールケーキを一口食べて、幸せそうに頬を緩めた。

小柄な千春の小さな口に次々と料理やケーキが吸い込まれていくさまはなかなか気持ち良いものだ。しかも千春はこの上なく美味しそうに、幸せいっぱいの顔で食べるので、雪緒もつい食が進む。

雪緒も切り分けてもらったロールケーキを頬張った。

ふんわりとしたビスキュイに、濃厚なクリームと甘酸っぱいイチゴ。ビスキュイもクリームも口当たりよく、濃厚な甘さの後にイチゴが爽やかな余韻を残す。

ユウが作るパイを食べさせてもらったことがあり、それも本当に美味しいのだが、榎木の作るケーキもまた絶品だ。

黙々と二切れ目を食べていると、同じように味わっている千春と目が合い、二人揃って笑ってしまった。

「タモツ先輩がご迷惑おかけしました」

そう言って桂は頭を下げた。いやいや、と雪緒は慌てて彼の頭を上げさせた。

「桂さんが謝ることは何もないですよ。私は迷惑なんて思ってませんし」

千春から話を聞いた桂は、手土産を持ってわざわざくま弁まで雪緒に会いに来てくれた。

事情を聞かせてもらえるのだろうと思った雪緒は、いつものように厨房奥の休憩室に入ってもらって、お茶を用意しようとした。

だが、桂は部屋には上がらず、玄関先で立ったまま頭を下げてきた。

「いきなり知らない男に話しかけられて、雪緒さんだってびっくりしたでしょう。あの人強引で、勝手ばっかりするから。はっきり言ってやった方がいいですよ、迷惑だって」

「い、いえ、そんな……」

タモツが雪緒に相談してきたことは伏せておいた方がよかったのかもしれない……と気付いたが、もう遅い。

「タモツ先輩には俺からも言っておきますから、もう気にしないでください」

「えっ、いえいえ……ええと、私としては、決して、迷惑とかではないので……よかったら、お話だけでも……」

「本当にたいした話じゃないんです。くだらないことですし、これ以上俺たちのことで時間取らせるのも悪いので」

桂は淡々としていたが、それがなんだか余計に恐ろしかった。

「あの、大丈夫ですか？」

「え？　ああ、いいんですよ。放っておきます。どうせすぐにまた何か新しいこと見つけてここを飛び出すでしょうし」

「いや……あの、私が言いたいのは、桂さんが、お辛(つら)いのじゃないかなと……」

「はあ？」

かなりきつい口調で、桂は聞き返してきた。やや三白眼気味の目で睨(にら)まれる。

「別に俺が辛いとかないですけど、どうしてそんなふうに思うんですか？　タモツ先輩が何か言ってましたか？」

「いえっ、そうじゃなく……あの、私は時々、桂さんからタモツさんのお話聞いていたので。すごく楽しそうに話してたのを覚えていて……仲が良いんだな、尊敬しているんだなって思ってたんです」

　桂はますます眉間に皺を寄せた。言葉の選択を間違ったかと思って雪緒がひやひやしていると、桂はそのきつい眼差しをふいと逸らした。

「それは……まあ、尊敬は言い過ぎですけど……」

　忌々しいような、苦々しいような口調だが、少なからず葛藤が見える。

「……よかったら、お話聞きますよ」

　雪緒がそう言うと、桂はしかめた顔のまま、低い声で絞り出すように礼を言った。

　桂は雪緒に促されて休憩室の座布団に腰を下ろすと、どこから語ったものかと考えている様子で、身体をしばらく揺すぶって、長いため息を吐いた。

　そもそも、タモツという人間は真っ正直な人間なのだと桂は語った。

　自分にも他人にも正直で、忖度したり、自分を誤魔化したりはしない。

「だから、タモツ先輩に試食を頼んだんです。タモツ先輩なら、率直に、俺のこと気遣ったりしないで意見を言ってくれると思って」

「えっ、それタモッさんが褒めたって聞きましたが……」

「褒めましたよ。でもね、違ったんです」

冷めた目で、桂は淡々と語った。

「タモッ先輩が食べたやつ、俺が自分で食べようと思って取っておいた失敗作だったんです。あの人、間違えて持って帰ったんですよ。塩辛いパート・シュクレで作ったタルト・オ・シトロンを、美味い美味い、今まで食べたタルトで一番美味いって言ったんです」

「そ……そっか」

桂は、正直な人間だと思っていたタモッに、失敗作を美味しいと言われて怒っているのだ。ようやく、そこの謎が解けた。

雪緒はさらに詳しい話を聞き出した。

タルト・オ・シトロンとは、要するにレモンタルトだ。パート・シュクレという砂糖が多いタルト生地を使い、バターと卵をたっぷり入れて作ったレモンクリームを流し込む。メレンゲを載せて焼くものと、メレンゲなしのものとがあるそうだ。

桂はパティスリー・ミッで働きながら、パティシエを目指している。

店で働く以外にも自分で練習や勉強を重ねており、しばらく前にタモッにタルトの試食を頼んだ。タモッは自分では料理は一切しないが、食べるのは好きで、桂を時々レストランやパティスリーに連れ出すことがあり、桂が試食を依頼したのもタモッの舌とその率直な性格を信頼してのことだった。

ところが、パティスリー・ミツでは一度にたくさんのタルト生地を作るので、それに慣れていた桂は、練習用に少量を試作した時、材料の配分を間違えた。ほんのひとつまみでよかった塩の量を間違えて、かなり多めに投入してしまった。

甘いはずの生地は塩辛くなったし、その上生地をまとめる時にも失敗して、焼き上がって型から出した時にぼろぼろ崩れた。

メレンゲやレモンクリームはうまく出来ても、土台がこれでは台無しだ。

で、それを誤って食べたタモツがベタ褒めしたというわけだった。

話を聞き終えた雪緒は、念のため考えられる可能性に言及した。

「タモツさんが、本当に美味しいと思ったということは……？」

「そりゃ考えましたよ、でも、あの人、散々うちの店のケーキ食べてんですよ。榎木さんのケーキをですよ。勿論タルトだって食べたことあるし、どう考えたって俺の作った失敗タルトが一番美味いっていうのは、かなり無理があります。しかも理解できないのはその後です。こっちが塩入れすぎたって指摘してんのに、あの人は対抗してんのか何か知らないですけど、絶対認めないんですよ、あれがまずいんだってことを。そういう忖度しないのって、あの人の数少ない美徳の一つだったんですけどね」

「…………」

「あっ、今、それ褒めてるのか？　って顔でしたよね。いや、本当にあの人、他のことは適当で、なんでも安請け合いするし、どこにでも首突っ込むし、それでいてなんもかも忘れて次のこと始めるし……でも、本当に率直で、俺は、凄いと思ってたんです。あと、行動力があるところとかも……いや、その行動力が今回は雪緒さんを巻き込むっていう悪い方向に働いてるんですけど」

呟きながら、桂自身も、フォローしているのか、貶しているのかよくわからなくなってきたようだった。頭を抱えている。

「あの……私、タモツさんからも話を聞きましたが、タモツさん、確かに嘘吐いているふうには見えませんでした」

頭を抱えてちゃぶ台に肘をついていた桂は、ちらと顔を上げて雪緒を見やった。

「でも、それだとタモツ先輩がめちゃくちゃ味音痴ってことになりませんかね」

「どう……でしょう、あの、ほら何もかも忘れて……って桂さんも言ってたじゃないですか。他の美味しかったものがあっても、その瞬間は忘れて、目の前の、桂さんのタルトが美味しかったから、そう言っただけなのでは？　美味しいかどうかって、いろんな状況にもよりますし、かわいがってる後輩の桂さんが作ったタルトだって思ったら、嬉しくて余計に美味しく感じたのかもしれませんよ」

「子どもの作ったケーキだから美味しいとか、そういう話じゃないんですから、それで美味い美味いって言われても意味ねーんですよ……」

長々と息を吐いて、桂は言った。

「……いや、本当は、俺もわかってはいるんです。何か理由はわからないけど、あの時のタモツ先輩には、ちゃんとあのタルトが美味しく感じられたんだろうってことは。ただ、こっちもショックだったんです。俺は……実は、タモツ先輩から、全然低く見積もられていたんだろうなってことがわかって」

「そんなことは……」

「いや、もっと美味いものが出てくるって想像してもらえなかったんだから、そういうことなんですよ。俺は……それをわかっていたのに、先輩に腹を立ててしまったんです。……店のドアのことを、覚えていますか?」

「あ、はい……」

「あれは、タモツ先輩のやったことでしょう? いや、千春さんから聞いたわけじゃないんですが、想像はしてました。先輩は、そういうところあるんです。こうするって思ったら、こっちの話なんて聞きゃしない。そういうの……俺はないから。そんな熱意はないから、それでたぶん、憧れというか、面白いなって思ってたんです」

感情やテンションの変化を感じさせない声で、桂は続けた。

「ユウさんだってそうですよ。前に頼んだ宅配も……俺、予約の時、最近食欲がちょっとない、みたいな話してたんですよね。そしたら、ごはんを混ぜごはんにしてくれて。梅干しと、しらすと、紫蘇のやつ。さっぱりしてて、食べやすかったんです。ああいう気遣い、さらっとしちゃうんですもんね。やっぱりすごいなって、改めて思いますね。そういうふうに……俺もなりたかった。でも、うまくいかなかった。それが悔しいんです」

桂は大抵落ち着いていて、あまり感情や思考を外に出さない。

だから、彼がこれだけ雪緒に打ち明けてくれたのは初めてのことだ……というか、そもそもこんなに長く話したのも初めてのことだ。

やはり桂としても悩んでいて、答えを求めているということだろうし、できれば雪緒も力を貸したかった。この、試行錯誤してもうまくいかないなあという感覚は、雪緒も共感できる気がしたので。

「もし……もし、桂さんの気持ちが落ち着いて、タモツさんとまた話したいのなら、手伝いますよ」

「ありがとうございます。でも、なんか……顔見たらむかついてきそうなんですよね」

「わかりますよ、そういう時ってありますよね……」

冷静に考えたらそこまで怒るほどのことではないのでは、ということでも、すぐに感情と行動を切り離せるわけでもない。

「じゃあ、ケーキをお渡しするのはどうですか？」

えっ、と桂は聞き返した。

「ほら、前の時は結局失敗作の方を食べられちゃったんですよね。それなら、美味しく出来たものを届けて、食べてもらうのはどうですか？　顔を合わせにくいのなら、私、届けますよ」

桂はしばらく考え込んでから、少し恥ずかしそうに言った。

「あの、勿論配達料は払いますが……いいんですか、届けてもらっても」

「いいですよ。タモツさんのおうち、どちらですか？」

「あ～……どこだろう……前のとこは引っ越して……いや、いつも向こうから来るので……電話で呼び出してもらった方がいいと思います」

それは『届ける』とは言わないな……と思い、雪緒は請け負った。

「じゃあ、配達料いりませんよ。遠方ならともかく、この近辺まで来てもらって、配達料なんてもらえませんから」

「なんか……すみません、手間だけかけて……」

「いいですよ、このくらい。私が電話一本入れてタモツさん呼び出すだけですよ。むしろあちらの手間になってしまいますけど」

「そこは気にしないでいいです。あっちが面倒おかけしてる方なんですから。あの……ありがとうございます」

桂は真剣な顔で頭を下げた。

だが、実のところ、電話の一本では、問題は解決しなかった。

桂は、同じ失敗を繰り返すことはなかった。

材料の配分もばっちりで、生地も綺麗にまとまった。さくさく、ほろほろ、というタルト生地の完成度は前回タモツが食べたものとは段違いだという。

桂はそれを雪緒に託し、雪緒は電話でタモツを呼び出した。

かくしてタモツは店に駆けつけた。その日はロードバイクにまたがり、ヘルメットやらサイクルジャージやらビンディングシューズやらの装備をしっかり身につけていた。ヘルメットを取って雪緒のそばに駆けつけたタモツは、半泣きで感謝の言葉を言って、桂の作ったタルトを受け取った。

タモツは仲裁してもらえたと大喜びだったし、桂にも礼を言うと言っていた。

だが、その日の夜、最後の配達を終えた雪緒は、くま弁の休憩室を訪れた桂と再会した。

「俺、もうタモツ先輩のことわかんないです……」

桂は座り込んだまま、どこか呆然とした表情で言った。

「どうしたんですか？」

雪緒がそばに膝をついて尋ねると、桂は感情を押し殺したような声を絞り出した。

「俺が今日作ったタルト……前の方が美味いって言われたんです」

「……えっ」

今日作ったタルトは、本当に良い出来だったようで、桂も自信作だと言っていた。それをもらっておいて、前の失敗作の方がよかった……というのは、桂としては確かにショックなことなのだろう。

「えっと……あっ、あの、味覚障害は亜鉛不足が原因の場合が多いらしいですよ……？」

雪緒としてはフォローしようとしたのだが、桂は力なく首を横に振った。

「俺だって本気でその心配しましたよ。でも、味はちゃんとわかってるみたいで……あの人、すげー腹立つんですけど、タルトに使ってる発酵バターのブランドを変えたとか変えていないとかそういうのまで気付くんです。銘柄とか覚えない人なんですけど、違うのだけはちゃんとわかってて。今回はバターも小麦粉も前と同じの使ってて、タモツ先輩はそれをわかってるんですけど、はっきり言われましたよ……今回のもよかったけど、前のが美味かったって」

雪緒はタルトを受け取ったタモツの姿を思い出した。信じられない、本当に嬉しい、タモツはそう言って、心底喜んでいて、帰ったら早速食べると言っていた。桂をおちょくるとか、からかうとか、そんな気持ちで嘘を吐くとは到底思えない。

「何か……変ですよね」

「変ですよ。俺にはあの人を理解できないなって気がしてきましたね」

「……確認させてほしいんですけど、タモツさんは味覚は鋭い方で、今日のタルトは、材料は前回と同じで、ただ配分が違っていて、タモツさんもそれはわかっていた……んですよね」

「そうですね。ちなみにタモツ先輩は、特別に甘いの苦手とかじゃないですよ。むしろめちゃくちゃ甘党です」

「うーん……」

雪緒は腕を組んで唸ってしまった。

その時、桂のスマートフォンが懐で音を立てた。

「あっ……」

桂は発信元を確認して口の中で何やら文句を言った。

嫌そうにしていたが、雪緒に促されて渋々出る。

「もしもし……」

『桂⁉　ごめん、俺なんか怒らせちゃったんだよね⁉』

かなりの声量だったので、タモツの声は雪緒にも聞こえた。

「……別に怒ってないですから大丈夫ですよ」

桂の声はやや淡々としてはいたが、本当に怒っているようには聞こえなかった。

それでも何を読み取っているのか、タモツは慌てて言った。

『うわーっ、待って待って！　言っておくけど、俺ほんと嘘とかは言ってないからな⁉　前の、本当に美味かったんだって！　それだけ、伝えたくて……！』

「わかってます。先輩は悪くないです」

桂は電話を切った。

それから、ぽつりと呟いた。

「……悪いのは、俺なんです」

そんなことは、ない。

桂も辛いだろうと雪緒は思った。確かに、雪緒が同じ立場でも意味がわからなくて混乱する。

「桂さんが悪いわけでもないと思いますよ。桂さんは、タモツさんのこと理解したいんですよね」

「………先輩は」

俯いたまま、桂はゆっくりと語り出した。

「先輩はわかりやすい原理で動いていて、とにかく何かすべきだって思ったからそうするだけなんです。だから、ここまで先輩を理解できなかったのは初めてですよ。俺は……なんかもうよくわからなくなってきましたね……」

桂はそこで黙り込んでしまった。口元に力を入れているのがわかった。皮肉げに笑っているようにも見えたが、目元はむしろ涙を堪えているようにも見えた。

「………あの、ちょっと、私からもタモツさんと話していいですか？」

雪緒がそう言うと、桂はしばらくして、無言のまま頷いた。

桂を送り出した雪緒は、どうしたものかと頭を悩ませ、店の前に立ち尽くしてしまった。

夜風が通りを吹き抜けていく。

五月というと北海道では空気も緩み、あちらこちらで花が咲き始める美しい季節だ。日中は太陽が出てさえいれば明るい日差しによってぽかぽかと暖かく感じられる。

だが、やはり夜は冷える。

ぶるっと震えて、雪緒は玄関から居住スペースの廊下に戻った。

冷たい板張りの廊下を歩いて、先程桂と話していた休憩室に入ると、ちょうど千春が厨房(ちゅうぼう)から休憩室に入ってきたところだった。

千春は室内を見て、申し訳なさそうな顔をした。

「桂君もう帰っちゃった？」

「はい。今……」

「そっか、ごめんね、任せちゃってて。あの、それでタモツさんとは……」

雪緒の顔を見て、千春は事情を察して同じような困り顔になった。

座布団の上に腰を下ろして、ちゃぶ台に頬杖(ほおづえ)を突く。

「そっかあ……どうしたものかなあ」

「またタモツさんと話してみますよ」

そう答えて雪緒も千春の向かいに座った。

「でも、雪緒さんだって色々忙しいでしょう？」

「いえ、大丈夫ですよ。桂さんにはよく差し入れもらっていますし、普段の恩返しみたいなものですよ」

雪緒はふと微笑んだ。

「それに、タモツさんは、なんだか放っておけない人ですね。めちゃくちゃなんですけど、悪い人じゃないし。慕っている桂さんの気持ちもわかりますよ」

「そっか、面白い人なんだね」

「そう思います」

「………ん？」

急に千春は黙り込んだかと思うと、あっと声を上げた。

「忘れてた、今、粕井さん来てるよ。私、こっちに容器の予備取りにきたんだった」

厨房の弁当容器がなくなったのだろう。確かに、休憩室のミニキッチンには、いつも使っている使い捨て容器の予備が置かれている。

「運ぶのお手伝いします」

「いいよ、もう勤務時間外でしょう」

「あ……じゃあ、粕井さんにちょっと挨拶してきます」

粕井はくま弁の常連だ。以前雪緒が働いていた会社で働いている。雪緒の退社後の入社なので、ちょうど入れ違いだ。

厨房にあまりたくさんの人が入ると狭いので、雪緒は玄関側から店に出た。玄関の土間に降りると、外に出るドアとは別に店に直接通じるドアがあって、そこから店内に出られるのだ。

遅めの時間だったこともあり、弁当を待っているのは若い男性が一人だけで、三つ並んだ丸椅子の一つに腰を下ろしていた。

ワイシャツにジャケットという、システムエンジニアという仕事の割にはかっちりとした服装で、眼鏡をかけている。置かれていた雑誌を手に取ってめくっていたが、雪緒を見ると笑顔になって、雑誌を閉じた。

他に客もいなかったので、雪緒は勧められるままに隣の椅子に腰を下ろした。

「こんばんは、お久しぶりですね、粕井さん」

「こんばんは。やっと来られましたよ！」

「忙しそうですね。ちゃんと食べてますか？」

粕井はその撫で肩をひょいと竦ませた。

「いや～、なかなか厳しいですね。ここが通勤途中にあればありがたいんですけど、ちょっと遠回りになるんですよね」

「粕井さんちって、配達範囲内ですか？」

「ええ、でもそもそも配達時間に家にいないことが多いので……今日もこの時間ですし」

「そうですか……」

雪緒も同じ職場で働いていたのだ。確かに忙しければもっと遅い時間になるだろう。

今日だって、実際、配達時間はもう終わっている。

「雪緒さんも、お疲れみたいですね」

「ああ、いえ……」

今雪緒の心を占めているのは、主に桂とタモツのことだ。他の客のことでもあり少し話しにくく言葉を濁すと、粕井は特に深追いせず話を変えてくれた。

「ここも久しぶりになっちゃって。良い匂いですね」

粕井は、雪緒が少しでも困った様子を見せると、一歩引いてくれる。雪緒は前のめりで突っ込みがちなので、こういう優しさもあるなと思う。

粕井の言う通り、厨房からは肉を揚げる匂いとともに、ガラムマサラや生姜(しょうが)の香りも漂ってきていた。ぱちぱちという音も香ばしく感じる。

今日の日替わり弁当にあった、スパイシー揚げ鶏(どり)だろう。

「本当ですね。良い匂い」

今日もまかないを食べさせてもらっているのだが、労働の後だと空腹を覚える。その上このスパイスの香りだ。ぐうう、という音が聞こえてきて、一瞬雪緒は自分の腹の音かと思ったが、隣の粕井の腹からの音だった。

粕井は気まずそうに、すみません、と言ったが、雪緒はその音になんとなく穏やかな気持ちになった。ただの空腹なら辛いが、食事を作ってもらっている間の空腹は、幸せなものに思えた。何より、身体がちゃんと食事を求めているということだ。

「今日も一日お疲れ様でした」

雪緒がそう言って頭を下げると、粕井は驚いた様子ながらも、同じように頭を下げた。

「雪緒さんもお疲れ様でした」

「ありがとうございます」

「…………」

粕井は、何か言いたげな顔に見えたが、照れたように目を逸らしてしまった。

ユウがカウンター越しに顔を覗かせて言った。

「今試作品揚げたてなんですけど食べていかれませんか？」

「あっ、いいんですか」

「塩ザンギですよ。熱いのでお気を付けください」

ユウが小さな皿に食べやすい大きさに切ったザンギを盛って、粕井に渡した。

「よかったら雪緒さんもどうぞ」

「ありがとうございます」

粕井は早速楊枝でひとかけらを口に放り込んで、熱さに少し涙目になっている。

「大丈夫ですか？」

ユウに心配されて、粕井は恥ずかしそうに頷いた。

雪緒も気を付けて一つ食べてみた。いつものザンギもそうだが、カリッと揚がった肉を噛むと、熱い肉汁が溢れてくる。ニンニク、生姜、塩というシンプルな味付けだ。

「そっち側はネギ塩ダレです」

ザンギはタレがかかっているものとそうでないものがあって、味の違いを確かめられた。ネギ塩ダレはたっぷりのネギの香りが爽やかで、ごま油の風味も追加されている。

粕井は美味しそうにザンギを頬張った。

「ネギ塩ダレも美味しいですねえ。でも、私はこの塩ザンギだけっていうのもシンプルで好きですね。塩が強めで」

ネギ塩ダレは豊かな風味が癖になって美味しいのだが、粕井の言う通り、ザンギに塩味がしっかりついているので、これだけでも十分美味しい。

「夏に向けての新メニューなので、塩ザンギにしてみました。塩もしっかり目ですね」

「夏は塩が利いている方がいいんですか？　くま弁のお弁当って、そんなにしょっぱくないというか……香りのもので風味をよくして塩分控えてるって感じだと思ってましたけど」

粕井にそう問われて、ユウが説明した。

「夏は汗をかいて塩分を失いがちなので、しっかり目の味の方が美味しく感じる傾向があると思います。それに、夏は『塩味』のイメージに惹かれる方もいらっしゃるみたいですね。夏限定の塩ダレを使ったお惣菜は、毎年売れ行きいいんですよ」

ふむふむと聞いていた雪緒の意識に、汗、塩分、塩味……という言葉が引っかかった。

……勿論、まだ夏というには早い季節だ。五月の札幌というと特に上旬はあまり気温が安定せず、暖かくなったり寒くなったりを繰り返し、徐々に最高気温が二十度を超えてくる……という状況だ。

だが、実際に目にしたタモツの姿が頭に浮かび、雪緒は思わず大きな声を上げていた。

「そ……それです！」

その声に驚いた様子で、ユウも粕井も雪緒を見た。

「あ、すみません……あの、ユウさん、それってお菓子でもあります？　ほら、夏に塩がっていう……」

「夏の塩スイーツ？　そうだね、通年の商品も勿論あるけど、夏限定の商品としても色々売られていると思うよ。塩スイーツ自体は色々あるしね、有名どころだと塩キャラメル、塩サブレとか」

「ああ、そういえば夏限定の商品で塩チョコ見たことあります」

粕井もそう教えてくれた。

適度な塩は甘みを引き立て、何より汗を掻いて水分を失った身体がそれを求めている。

汗……。

「あっ！　あの、私ちょっと、用事があるので失礼します！」

雪緒は叫んで店を出ようとして、荷物を置きっぱなしにしていることに気付いて、また慌てて戻ってきた。

「雪緒さんっ！　あの、今度――」

粕井は声をかけようとしたが、雪緒の姿は自動ドアから外に消えてしまった。
彼は結局何も言えないまま、雪緒を見送った。

夜も遅い時間ではあったが、つい十数分前まではくま弁で話していたため、桂はまだ店にいた。

「桂さんっ！」

事前に連絡を入れていたおかげで、すぐに桂は店のドアを開けてくれた。
桂は帰る準備をしていたところらしく、すでにスカジャンを着て、斜めがけのバッグを背負っていた。

「何かあったんですか？」

「タモツさんですよ。タモツさん、この前ランニングしてて……タルトを渡した時もロードバイク抱えて、サイクルジャージ着てて。思い返してみれば、私がタモツさんを見かけた時って、必ず何かトレーニングしているんです！」

「ああ……」

「ね、思ったんですけど、タモツさんって、トレーニングのすぐ後にタルト食べてないですか？　トレーニングで汗を掻いて、その分塩っ気を美味しく感じてるということはありませんか？」

「…………あっ！」

桂も心当たりがある様子で、表情を変えて声を上げた。

「タモツ先輩、トライアスロンの大会に出るから練習してるって言ってました！」

「トライアスロン！」

水泳、自転車、ランニング——なるほど、大会などに出ようとトレーニングを重ねているのなら、かなりの運動量だろう。

「えっ、というかすごいですね……トライアスロン、以前からやっていたんですか？」

「いやあ、全然……運動は色々やってたと思うんで、それぞれバラバラには経験あったかもしれないですけど。トライアスロンは……確か、パリの街中でやってるやつを観てめちゃくちゃ感動したからって言ってましたね」

その流れで自分もエントリーしてやってみようと思うのは凄いな……と雪緒は感心した。

「パート・シュクレは特に砂糖の分量が多い生地で、俺、塩を入れすぎたことばっかり気になっちゃって……それに、生地もぼろぼろになっちゃったし。でも、タモツ先輩はみたいな感じで褒めてくれたというか、甘塩っぱくて美味しい！　生地の質感とかそういうのそこまで気にしていなくて、甘塩っぱくて美味しい！　みたいな感じで褒めてくれたというのは……あり得そうですね……」

桂はほっとしたような顔をしていたが、それだけではないような、複雑な表情にも見えた。

やがて彼は眉間をぎゅっと寄せ、俯いてしまった。

「そうだとしたら、俺、先輩に酷いこと言って……」

「……大丈夫ですよ、きっと。タモツさんも、事情がわかったら納得してくれますよ」

「俺、謝らないと」

少しの沈黙の後、桂は口を開いた。

「俺、くま弁で働いていた時、ユウさんの仕事見てたんですよね。ほら、いろんな人のために、いろんな弁当作ってて。俺は、すげーなーとは思ってたんですけど、でも、全然ちゃんと見てなかったんですね。だって、タモツ先輩が最初のタルトがいいって言ったんなら、それをそのまま受け止めないといけなかったのに。こっちの方がちゃんと作ってんだから絶対美味い！　っていう自分の考えばっかり押しつけてた。俺、タモツ先輩のことこれっぽっちも考えてなかったんだなあって、なんか、すごいびっくりしました。そりゃ、試食だからっていうのはあるにしても……本当に、全然、考えてなかったから」

項垂れた桂を見ているうちに、雪緒はぽつりと呟いていた。

「……でも、今は考えてますよ」

ハッとした様子で桂は顔を上げた。

「今、桂さんは、タモツさんにどんなお菓子を作ってあげたいですか？」

「俺……」

しばらくの間、桂は何かを必死に考えている様子だった。

それから、どこか決然とした顔で、雪緒に言った。

「やってみたいことがあるんですけど、手伝ってもらえませんか？」

勿論、と雪緒は笑顔で応えた。

翌日はからりと晴れて、空気は涼しいものの日差しは明るく、駅からくま弁に行くまでの街路樹と花壇でも五月の花と緑が輝いている。

昼の配達を終えた雪緒は、くま弁の休憩室を貸してもらって、お品書きを書こうとしていた。

いつも使っている和紙ではなく、今回は同じ大きさのカードを用意した。滑らかな紙で、万年筆のインクがよく延びる。金色の小さな薔薇で縁取りされたカードに、そっとペン先を置く。

それが完成した頃、玄関の呼び鈴が鳴った。

玄関を開けると桂が少し緊張した様子で紙袋を持って立っていた。

パティスリー・ミツは営業中だ。連絡をくれれば雪緒が取りに行くと言っていたのだが、桂が自ら仕事の合間に持ってきてくれたようだ。

「これ……お願いします」

桂はそう言って、紙袋を差し出してきた。雪緒は両手で受け取った。

「確かにお預かりしました。タモツさん、もうすぐ来ると思いますけど、私が渡していいんですか？」

「はい、あの人長話になりがちなので……」

「わかりました。でも、もし、ちょっと時間取れるのなら、提案したいことがあるんです」

「……提案？」

自分の店に戻ろうとしていた桂は、きょとんとした顔で、雪緒を見やった。

雪緒がタモツに会うのはこれが三度目だ。一度目に会った時、彼はランニングウェアを着ていて、二度目に会った時はロードバイクにまたがり、三度目の今日は日に焼けた顔にサングラスをして、プールバッグを持っていた。

雪緒に休憩室に通されたタモツは、プールバッグを置いて、座布団の上にちょこんと座った。サングラスを外すと不安そうな両眼が現れた。

「あの、俺に桂から渡したいものがあるってことですけど……なんでしょうか」

絶縁状を突きつけられるのかと思っているような顔だ。どうも、桂からはまだ何も知らされていないらしい。

まあ、話すより実物を前にした方がいいだろう。雪緒は紙袋を差し出した。

「桂さんからお預かりしていたのは、こちらです」

タモツは受け取って、そっと中を覗き込んだ。

紙袋の中には、クラフト紙のボックスが一つ入っていた。

「あっ、あとこれも……お品書きです」

雪緒は戸棚の上からカードを取ってタモツに渡した。

雪緒が作製したお品書きだ。

タモツはそれを見て、ぱちくりと瞬きをした。

メニューは一つ。

塩レモンタルト。

原材料には小麦、バター、砂糖などのシンプルな素材が並ぶ。

使われている塩は、フランス、ゲランド産。

「これ、俺の土産の……ですよね」

カードを一瞥(いちべつ)したタモツがそう言い、雪緒が頷(うなず)いた。

「そう伺っています。タモツさんのお土産の塩だそうです。現地では、塩を使ったお菓子が色々あると聞きました。タモツさんも、それを知って、お土産にしたんですね。これまでの試作品のレモンタルトに自分のお土産が入っていることにはお気づきでしたか？」

「……はい」

タモツははにかむように笑った。

「塩ならいろんなものに入れられるから……一摘(ひとつ)まみ、一振りから入れられるから、こう……陰ながら支えてるって感じがして格好良いじゃないですか」

「そうですね」

「そういうの、桂みたいだなって思ったから」

雪緒はその言葉に驚いた。タモツは豪快で、好き勝手しているように見えて、ちゃんと桂のことを見ているのだ。桂の目指すものを理解して、お土産に塩を選んだのだ。

そんなふうに見守ってもらえるのは、とても幸運なことだ。

「……良いですね」

「え？」

「いえ、どうぞご覧になってください」

タモツは少し緊張した様子で、箱を取り出して開けた。

中身は、一人分の小ぶりな円いタルトが一つ。綺麗な輪切りレモンが添えられたタルト・オ・シトロン。タルト生地にレモンクリーム、それに上にはメレンゲがこんもり盛られている。

「相変わらず綺麗だなあ……」

タモツはそう呟いて、惚れ惚れとした顔で見入っている。

「ここで食べていっても良いんですよ。フォークとお皿ご用意します」

「あっ、いえいえ、いいです」

そう言ってフォークと皿を遠慮したタモツは、タルトを摑んだ。一瞬雪緒は何がなんだかわからなかったが、その間に彼はタルトを手摑みで食べた。

　大きな一口だった。ほろっと生地が崩れて、三分の一ほども口の中に収まっただろうか。ふうわりと甘酸っぱいレモンの香りが雪緒にもわかった。さらに数口で、彼は全部食べてしまった。

　真剣な顔でしばしタルトを咀嚼(そしゃく)し、彼は目を輝かせた。

「うんまい！　甘酸っぱくて塩(しょ)っぱくて美味い！」

　ほぼ、桂が予想していた通りの反応だ。

　ほっとして、また、喜び方が素直で微笑ましくなってしまい、雪緒は頰を緩めた。

「なんかっ、この……レモンがいいんですよね。甘酸っぱくて、それに塩っけが甘さを引き立ててめちゃくちゃ美味(おい)しいんです！　これ、最初に食べたのと同じ味だ……いや、もっと美味い！」

「桂さんが、何度も試作してちょうど良い塩梅(あんばい)を探したんですよ」

「えっ……」

　ぽかんとタモツは口を開けた。

「普段のレモンタルトのレシピとは違うんだそうです。さすがに最初のは塩っぱくて身体に悪いからって、もう少し控えることにして、でも、ちゃんと塩味が利いている方が良いだろうからって、タモツさんからもらったお土産の塩を、活(い)かせるように工夫したそうです」

「そう……そうかあ……」

タモツは、嬉しそうだが驚いた顔をしている。

「最初に食べた時、めっちゃくちゃ美味しいなって思ったんです。でも、美味しいって言ったら、桂のこと怒らせちゃって。二度目の時も最初のが美味しいって言って、また怒らせて……だから、またこの味で作ってもらえるとは思わなかったです……どうして……」

どうも得心がいかない様子の彼に、雪緒は声をかけた。

「タモツさん、最後まで読んでみてください」

え、と聞き返した直後、意図を察したのか、タモツはカードを再び手に取った。せわしなく表を見て、裏を見る。裏には何もないのを確認して、表をもう一度熟読する。

塩レモンタルトという名前、原材料名、それから、最後に――それまでとは違う筆跡で。

『レモンのクエン酸は疲労回復に良いです。塩っぽくて甘いタルトは塩分とエネルギーを補給できます。先輩はいつも頑張っているから、美味しく感じられたんだと思います。誤解しててすみません。トライアスロン、頑張ってください。ご意見・ご要望はこちらまで』

そういう文章とともに、電話番号が記されている。桂の電話番号だ。この文章も、雪緒に相談しながら、桂が考えて、書いたものだ。こういうのは慣れないと言いながら、率直な言葉を綴っていた。

タモツは口を開けて何も言えずにいた。何故自分が最初のタルトをあんなに美味しく感じたのか、何故桂が怒ってしまったのか理解した。そして今桂が今度はタモツのためにこのタルトを作ってくれたのだと理解したのだ。

長い時間が経ってから、彼は口を閉じて、また開いた。

「なんで……？」

桂の言いたいことはすべてそこに書いてあるのだが、タモツは呑み込み切れていない様子だ。

「慕われていますね」

「え〜……や、桂はでもこういうこと書くの、絶対嫌がると思ってたから……」

雪緒はきょとんとしてタモツを見つめ、それから、桂の言葉を思い出してふと微笑みを漏らした。

「桂さん、言ってましたよ。せめてこういう時くらいは、タモツさんみたいに、自分に正直でいたいって」

「俺みたいに……」

タモツはそう繰り返す。雪緒ならこんなことを言われたら照れていたたまれなくなる気がしたが、タモツは時間をかけて言葉を呑み込むと、弾けるような笑顔を見せてくれた。

「よしっ！　俺も頑張りますよ！　可愛い後輩がこんなに応援してくれてんですから！」

「トライアスロンですね？　大会にエントリーしているって聞きましたよ」

「そうなんですよ。もうね、練習もめちゃくちゃきっついんですけど、でも完走……いや、優勝だ！　優勝目指しますよ！」

「優勝⁉」

初トライアスロンではないのか？　と思ったが、タモツは元気に優勝だと声を上げて拳を振り上げている。

雪緒は圧倒されて呆然としていたが、すぐにタモツはバイトの予定を思い出し、慌てて玄関から飛び出して行った。桂と雪緒が書いたお品書きを大事に抱えて。

それを見送ってから、雪緒はほうと息を吐いた。

「嵐みたいな人だったな……」

不思議な人だ。確かにちょっと適当そうなところがあるが、でも応援したくなる。

ランニングしながら帰る背中はすぐに小さくなって、角を曲がって見えなくなった。

「……あ！　そうだ」

雪緒は店の休憩室に戻ると、冷蔵庫から箱を持ち出し、厨房を覗いた。

厨房では、ユウと千春が働いているが、ちょうど客は途切れていた。

「あの、桂さんからケーキいただいておりますので、休憩時間によかったら……」

シンクで洗い物をしていた千春がぱっと嬉しそうな顔で振り向いた。

「榎木さんのケーキ？」

「いえ、桂さんが作ったものです」

「えっ、すごい！　めちゃくちゃ楽しみ！　ねえユウさん、一旦休憩しよう！」

ユウはカウンターを拭く手を一旦止めて、顔を上げた。

「そうだね、じゃあこれだけ終わらせておくから、用意しておいてもらえる？」

「はーい」

千春はいそいそと手を拭いて、休憩室に入った。

二人で紅茶と皿を用意していると、すぐにユウもやってきた。皿に出された塩レモンタルトに、彼も顔を輝かせた。

「わあ、美味しそうだね。お茶もありがとう」

「じゃあ、いただきます！」

ユウが座るのを待って、千春がウキウキと言ってフォークを手に取った。

雪緒も同じくフォークを取り、メレンゲとレモンクリームの中にそっと差し入れた。

タルト生地もほろりと割れて、一口大のそれらを口に運ぶ。香ばしい焼き目がついたふわっとしたメレンゲは甘く、鮮やかなレモンイエローのクリームは甘酸っぱく爽やかだ。

タルト生地もさくっと焼き上がっている。確かに、タルト生地やクリームに塩っ気を感じるが、塩漬けにしたレモンを使っていると言っていたから、香りが豊かで鮮烈だ。

少し早い『夏』が、口の中で広がっていくようだった。

「美味しい」

千春がしみじみと、心打たれた様子でそう呟いた。

「ええ、本当ですね、香りが良くて……」

雪緒はそう言いかけて、驚いて言葉を呑み込んだ。千春が涙ぐんでいる。

千春は照れた様子で笑って、涙をティッシュで拭った。

「大丈夫……なんだかね、嬉しくて。桂君、こんなに美味しいケーキ作るんだなあって思ったら……じわ～っと……」

そう言って、千春はユウを見やった。ユウも一口食べて、感慨深げな様子だ。

「美味しいですね。パート・シュクレやレモンクリームの基本的な部分をきちんと押さえつつ、塩レモンを使って風味豊かに仕上げています。味のバランスが難しかったんじゃないかと思うんですが、塩っぱすぎず、でも、ちょっとハッとする味になっていて、絶妙ですね。桂君、きっと毎日頑張って勉強しているんでしょうね」

雪緒がくま弁に来た時には、桂はもうパティスリー・ミツで働いていた。

きっとユウにとっては大事な店の仲間だったのだろうし、当時常連だったという千春にとっても馴染みの相手だったのだろう。こうして彼の成長を実感できて、二人とも感極まってしまったのだ。

「よかったですね」

雪緒がそう言うと、千春は頷いてもう一度涙を拭い、美味しそうに、大事そうに、二口目を食べた。

鮮やかなレモンの香りが、一日の疲れをしばし忘れさせた。

タモツが参加申し込みをしていたトライアスロンの大会は、六月の第一週、土曜日から日曜日にかけて開催される。

競技距離は、スイム八〇〇メートル、バイク約二〇キロ、ラン五キロ。スプリントディスタンスに近い距離だ。初日にスイム、二日目はバイクとランで、スイムのタイムに応じてバイクのスタート時間が決まる方式だという。

二日目は朝からの競技だったため、桂と雪緒は応援に駆けつけられた。残念ながら、店の準備で榎木はどうしても来れなかったが、桂に冷えたドリンクを持たせて応援に送り出してくれた。

場所は、モエレ沼公園。

緑の丘と噴水、ガラスのピラミッドが印象的な公園は、春は桜の名所でもある。六月の公園は緑が美しく、丘を吹き抜ける風は涼しく、早朝ともなればこの上なく爽やかな場所だ。

雪緒は先を行く桂の背中を追いかけて、緑の中を小走りに駆けた。

「あっ、もう始まってる！」

丘を下った先に、自転車に乗ってコースを走っている参加者の姿が見える。公園内のコースを何周するのだったか。タモツはもうスタートしているのだろうかと捜していると、桂が見つけて声を上げた。

「あっちにいます、ほら、もうすぐスタートする！」

見ると、スタート地点の脇に立ち、落ち着かない様子で順番を待っているタモツの姿があった。スタッフに呼ばれてスタート地点に行こうとするタモツに向かって、桂が声を張り上げた。

「先輩！　頑張れーっ！」

タモツはハッとした様子で振り返って、桂たちの姿を見つけて手を振った。

それから、スタッフの合図を待って、タモツはコースに走り出た。

鮮やかなレモンイエローのロードバイクが、鋭い走行音を立てて、雪緒たちの前を通り過ぎて行った。

•第二話• 貴女と作る馴れ初め弁当

「結構がたつくな……」

ナットの締め方が甘いのだろうか。雪緒は力を込めてもう一度回した。

雪緒は自宅マンションの駐車場で愛車のバッテリー交換をしていた。前回交換してから結構経っている。前は確か、就職したての頃だ。祖父から譲り受けたローバーミニは少々整備不良を抱えていて、乗り始めて早々に高速道路でオーバーヒートという手痛い目にあった雪緒は、以来手をかけてきた。

ウォッシャー液の補充、ワイパーの交換、冷却水の点検と補充、オイルの点検、タイヤの空気圧点検など、自分でできることはしてきた。節約のためでもあるし、自分でやってみたかったからでもある。元気だった頃の祖父から教えてもらったり、自分でネットで調べたり、本で学んだりして、とりあえずはなんとかやっている。

なんとなく記録のために写真を撮ろうとスマートフォンを取り出す。一枚撮ったところで、メッセージの着信音が鳴った。

送信元は owl と表示されている。

SNSを通じて知り合った人物で、最近は結構頻繁にメッセージをやりとりしているが、そもそもは車を通して知り合ったから車の話題が多い。

『友達にもらった可愛いやつです』

という文章に、写真が添付されている。雪緒は写真を見て、おっと声を上げた。ローバーミニの可愛らしいトイカーだ。後部の木枠が印象的だ。

owlの趣味はトイカー集めで、雪緒がミニのオーナーだと知って、古いミニのトイカーがあると写真を送ってくれるようになった。

『モーリス・ミニ・トラベラーだ！　木枠が良いですよね。うちのも可愛いんで見てください』

　雪緒はそう打ち込んで、今撮った写真をつけて返信した。すぐにまた返信がある。

『綺麗じゃないですか。あの錆はどこに……』

『あの後めちゃくちゃ頑張って錆取りしたので。除去剤お勧めありがとうございます』

『いえいえ。錆取りお疲れ様です』

『もっと早く気付けばあんな苦労はしなかったのに……』

『雪で濡れますからね。バッテリー交換したんですね』

『前回やった時はまだ新社会人だったなと思い出してました』

『実は就職してから買った車、まだ交換してないです』

『あー』

『まあ走行距離によりますからね』

　だらだらとしたやりとりはいつまでも続けられそうだったが、雪緒は一旦そこで会話を切ることにした。

『作業再開します。お写真ありがとうございます』

『作業中にお邪魔しました。頑張ってください』

『またトイカー見せてください』

『了解です』

送られてきた写真をもう一度見直す。クリームホワイトの車体に、後部の木枠が良い味を出している。BMWのミニだって良いと思うが、祖父の影響で、ローバーミニがやはり好きだ。

スマートフォンをポケットに戻し、ボックスのカバーを戻し、工具を工具箱に片付ける。自分が鼻歌を歌っていることに気付いた。なんとなく咳払いをして、トランクを閉め、伸びをする。

昼間はオフィスに弁当を持ち込んで販売することが多いが、今日は日曜日で、オフィスはお休みだ。ケータリングやイベントへの移動販売の予定もない。

ずっとやらねばと思っていたバッテリー交換を終えられて、雪緒の心は満ち足りていた。

今日の札幌の天気は晴れだ。空気はからりと乾いている。

北海道には一般的に言う『梅雨』はないが、オホーツク海高気圧の影響を受けて冷たい雨が続くこともある。『蝦夷梅雨』というが、そういう時はだいたい冷えて肌寒いので、高温多湿の本州以南の梅雨とはまた少し違う。

とはいえ雪緒の住む札幌周辺は、概ね晴れて、気温もそこそこ、過ごしやすい季節だ。

雪緒は運転席に座ると、エンジンをかけて窓を開けた。外の風を感じながら走りたい気分だった。古いバッテリーを引き取ってもらうために店に向かう。

作業によって少し汗ばんだ額に、窓から吹き抜ける風が心地よかった。

梅雨がなくて、桜と梅が五月に盛りを迎え、一年の半分近くに亘る期間降雪が観測されるこの土地では、気候以外にも本州以南とは少し違う習慣がある。

たとえば、北海道の結婚披露宴は、会費制のことが多い。

招待制の披露宴のようにご祝儀を包むのではなく、決められた会費を受付に渡す形式で、本来は発起人として新郎新婦の友人が集まって準備を進め、領収書も発起人代表の名前で発行される。

「若い人たちをみんなでお祝いしてあげようってことだったのよね」

おしゃべり好きな常連客が、そう言って懐かしそうに目を細めた。

「最近は発起人を立てないことも多いけど」

「でも、今も時々あるのよ」

弁当ができあがるのを待つ間、常連客同士で話に花を咲かせていたようだ。

そのうちの一人、眼鏡をかけた六十代ほどの女性が、カウンターで弁当を包む千春に尋ねた。

「千春さんとユウさんのところはどうしたの？　発起人は頼んだの？」

「ああ、いえ、うち結婚式自体していなくて……あ、鰹の竜田揚げ弁当お待ち遠様です」

会計を済ませて弁当を受け取った客は、ちょっと意外そうな顔をした。

「あら、そうなの。てっきり、黒川さん辺りが頼む前からやるって言い出したかと思ってたわ～」

言いそうね～ともう一人が同意して、千春も微笑んでいた。

雪緒は冷蔵ショーケースにドリンクの補充をしながら、その会話を聞くともなしに聞いていた。最近は夜の気温も上がってきて、冷たい飲み物の売れ行きが良い。

弁当を抱えて去って行く客にありがとうございましたと声をかけて時計を見ると、もう二十二時を過ぎていた。

「あっ、もう時間だね。今日もお疲れ様でした！」

千春にそう言われて、雪緒もお疲れ様でしたと言い頭を下げる。

自動ドアが開いて、また新たな客が入ってきた。

「こんばんは～」

客たちの話題にも上っていた黒川だ。

彼の顔を見た時に、あれっ、印象が違うな、と感じたのは、いつもより丁寧に撫でつけられた髪のせいだろうか。身につけているものも黒のスリーピーススーツに光沢のあるネクタイと、普段のスーツ姿より華やかに見える。

厨房にいたユウも目聡く見つけた。

「こんばんは、黒川さん。どなたかの結婚式に参列したんですか？」

「二次会だよ。ほら、大安だし」

アルコールと香水がふんわりと香る。心なしか黒川の表情も穏やかで楽しそうに見えた。

「良いねえ、おめでたいことって。あ、予約してた玉子焼きください」

「はーい、ご予約承っております」

千春が答えててきぱきと準備をする。

「ねえ、さっき鴨池さんたちと行き合ったんだけどさ」

黒川が店の外を指さして言うので、ユウが頷いた。

「はい、さっきいらっしゃってましたよ」

「あら〜、ちょうどあなたのことお話ししてたのよって言われちゃったんだけど……」

それを聞いて、千春が顔を上げて説明した。

「それ、結婚式の発起人の話ですよ。鴨池さんは、黒川さんが頼まれる前から私たちの結婚式の発起人やるって言い出したかと思ったって」

「えっ!?」

何やら黒川はひどく驚いた様子だ。

「はい、玉子焼きお待たせしました」

「あ、ありがとう……その、そういえばもうすぐ結婚記念日じゃないですか？」

「ん、そっか、そろそろですね。入籍したのが、え～と……」

記念日への興味が薄そうな千春がそう言って首を傾げ、ユゥがそっと付け加えた。

「三週間後の土曜日ですよ」

「そうなんだねえ。それで、あの～……式を挙げなかったのって、何か拘りとかあったの？」

雪緒はちらっと黒川の様子を確認した。少し気まずそうな表情にも見える。

「え？　ええと……相談して、お金もかかるし、準備も大変そうだし……親族の顔合わせを兼ねた食事会はしたので、それでいいかなと。まあ、私たちは黒川さんと熊野さんからお祝いしてもらったから、それで十分ですよ」

それを聞いた黒川は、困ったような申し訳ないような、複雑な表情だ。彼の顔を見て、千春は気遣わしげに言った。

「黒川さん、どうかしましたか？　何か、今日は元気がないようですけど」

「えっ、いえ、そんなことないですよ～、あっ、じゃあ僕はこれで」

会計を終えた黒川は玉子焼きの入った袋を提げて店を出ようとする。

ついさっき、千春たちとの会話で彼が見せた狼狽はなんだったのか、雪緒はどうにも気になった。一つの予想が頭に浮かんでいた。

そこで、千春たちに頭を下げて慌てて挨拶した。

「お疲れ様でした！　お先に失礼します！」

「あ、はい、お疲れ様です……えっ、鞄……」

千春がびっくりした様子で雪緒に声をかけてくれるが、雪緒はとにかく急いで店を出た。休憩室に置きっぱなしの鞄は後で取りに戻るつもりだ。今は黒川に追い付きたかった。

「黒川さんっ」

黒川はほんの三歩先を行っていただけだった。名前を呼ばれて振り返る彼の下に、雪緒は駆けつけた。

「あのっ、今のお話なんですがっ！」

「う、うん」

「もしかして、ユウさんたちの結婚記念日について、何か考えをお持ちなんじゃないですか？」

黒川の表情がぎくりと強張る。やっぱりだ、と雪緒は疑念が確信に変わった。

「あの、な、なんでそう思うんですか？」

「さっき、結婚式の発起人の話の時、黒川さんちょっと変だったじゃないですか」

「え、そうかな……？」

「そうだと思いますけど」

黒川は一度目を閉じ、沈思黙考した後に目を開けて恐る恐るといった様子で尋ねてきた。

「ユウ君たちにも気付かれちゃったかな」

千春は少し自分のことには鈍感な部分もあるから、黒川がサプライズを計画しているのだろうとまでは予想していないように思う。ユウはそもそも、調理に集中しており、そこまで黒川の様子を注視していたわけではないだろう。

「ユウさんはお仕事お忙しそうでしたし、千春さんは何かおかしいなって思っているかもしれませんが、自分のことはあまり頓着しない人なので、今のところはたぶん大丈夫だと思います」

「えーと……」

「そうですか……」

黒川は長く細く息を吐き、幾分恥ずかしそうに、雪緒の言葉を認めた。

「さっきはびっくりしちゃって……実は、ユウ君と千春さんの結婚記念日に、サプライズでプレゼントをしたくて、色々考えていたんです。その、挙式とか、お祝いのパーティーとか、写真館で結婚写真を撮るとか……そういうのを」

「ああ……」

それで、『黒川が発起人をやりたがったのではないか』という言葉に反応していたのだろう。まさに、彼は発起人的なことをやりたがっていたのだから。

口には出さなかったが、やっぱりそうだったのかと雪緒は思った。

「ユウ君たちが結婚した時は、結局何もできなかったから……いや、なんでもしてあげたいなとは思ってたんですけど、挙式とかそういうのは一切合切無しでいくって聞かされて、ああ〜、そっか〜って……」

「だから、今何かサプライズでプレゼントできないかって考えていたんですね」

「そう。でも、やっぱりユウ君たち、あんまり結婚式とかパーティーとか興味ないんですかね。自分たちでもしようと思わなかったってことは……」

このまま黒川の相談に乗りたかったが、いきなり飛び出してきたことも気になった。ユウや千春に不審に思われてもいけない。

「私、鞄とか取りに戻らないといけなくて。この後……はちょっともう遅いので、明日とか話せませんか？」

雪緒がそう提案すると、黒川は、是非、と食い気味に答えた。

翌日はくま弁はお休みだった。定休日で、ユウたちは出かけている。

くま弁の創業者である熊野は、雪緒と黒川を二階の部屋に通してくれた。

店の裏手の庭を見下ろす窓があり、その前に置かれた座椅子が熊野の定位置なのだが、今日はそちらに座布団を敷いていて、雪緒たちに座るように勧めてくれた。

熊野にも声をかけたのは、やはりユウと千春をよく知っている人物が必要だと雪緒が思ったからだ。

少し落ち着かない様子の黒川に、熊野は笑って言った。

「ユウ君たちなら今日は映画観に行くって言ってたから大丈夫だよ」

ユウたちは近くに部屋を借りてそこから店に通っている。休日もなんだかんだと店に来ることが多いらしいが、映画なら二時間は大丈夫だろう。

一枚板の座卓を挟んで、雪緒と黒川は熊野と向き合った。出してもらったお茶を前に、まずは雪緒が切り出した。

「熊野さんにもお電話でお伝えした通りなんですが、黒川さんが、ユウさんと千春さんの結婚記念日にサプライズで何かプレゼントしたいと考えて、今日はそのご相談に……」

「うんうん、いいんじゃないの。喜ぶだろ」

熊野が軽くそう言った。黒川は幾分ほっとした顔になった。

「そうですかね⁉　ほら、ユウ君たちって結婚式挙げてないから、式とかパーティーとかのプレゼントはどうかなって思ってるんですけど」

「うん、えっ、式？」

熊野の顔に困惑の色が浮かんだ。そこまでは話していなかったな……と思いつつも、ひとまず雪緒はやりとりを見守った。

「それは……随分とでっかいものをプレゼントしようとしているねえ……」

「えっ、ダメでしょうか……？」

「うーん……ちょっと……びっくりしちまうんじゃないか？　サプライズで用意するにはでかすぎるだろ。それに、式はいらないって言って挙げなかったんだから、別に他人がお膳立てする必要ないんじゃないのかい？　事情があって式を挙げたかったのに挙げられなかった、っていうなら別だけどさ……」

　賛成してもらえそうだ、と思ったのもつかの間、筋の通った話に黒川も唸って黙り込んでしまった。

「そうですよね……」

　がっくりと項垂れた様子を見て、雪緒は不思議に思った。普段の黒川は、他人に何かを押しつけるようなことはしない。ユウたちが挙式やパーティーに興味がないのなら、別にそれでいいと笑って言うような人だ。

　どうして、今回に限ってこんなに落ち込んでしまっているのだろう。

「黒川さんは、どうしてユウさんたちに式やパーティーをプレゼントしたいんですか？」

「えっ」

　雪緒に問われた黒川はぱっと顔を上げたが、すぐには答えられず、少しの間思い詰めたような顔で考えていた。

「……その……やれることはやれるときにやっておいた方がいいと思ったんです」

　しばらく経ってから彼はそう言って、また俯いてしまった。

「うちは、そういうのやらなくて、後悔したので」

雪緒は彼の伴侶がすでになく、一人親で娘を育ててきたことに思い至った。

恥ずかしそうに、黒川は苦笑を漏らした。

「そっか、僕は……自分たちが、結婚式挙げておけばよかったなあって思ってただけみたいですね。すみません、今ようやく気づけました」

「黒川さん……」

「いや、でも、実際ユウ君たちのために何かしたいな〜って思いはずっとあったので、そこは間違いないんですけどね。ちょっとやり方が、押しつけがましかったですよね」

押しつけがましいと言ってしまったらそれまでかもしれないが、彼の話を聞くと、そう切って捨てることもできず、雪緒は言葉を失ってしまった。

その時、一階の玄関付近から声が聞こえてきた。訝しげな顔で熊野が立ち上がって、様子を見に行く。すぐに話し声が聞こえてきた。

「あっ、今日だったか」

「あれえ、今日だよね？　今日……だと思うよ……？」

お互いに幾分自信なげなやりとりが交わされている。聞き覚えのある声だったので、雪緒も黒川も様子を見に行った。

階段を降りて行くと、熊野の小柄な身体の向こうに、やはり少し小柄な人物の姿があった。丸みを帯びた顔の、愛想の良さそうな男性だ。くま弁の常連で、公森という。数年前に定年退職してからはボランティアに精を出しているそうだ。

雪緒と黒川の姿を見るなり、公森は申し訳なさそうな顔で頭を掻いた。

「ああっ、来客だったのねえ。ごめんごめん、じゃあ今日は帰るよ」

「いいですよ、公森さん、僕の用件だったらもう終わってるので……」

熊野が呆れ顔で言った。

「終わってないだろ、黒川さんのは」

「いや……もういいですよ、だってパーティーなんてやっぱり押しつけがましいし。それにほら、お祝い自体はさせてもらってるじゃないですか、僕と熊野さんは……」

「あ、じゃあ、私はこれで」

帰ろうとする公森を、黒川が引き留める。

「あっ、だから僕が帰るんでもう……」

「いいよお、どうせね、将棋指しに来ただけなんだから」

おっとりとそう言って、公森は将棋を指す仕草をした。

「ダメです、待って、待っててください！　今終わらせますから！」

黒川がそう言って公森を留めようとするが、熊野には話を終わらせる気がないらしく、離してもらえない。

「待ちなよ。いいかい、黒川さんの気持ちを踏まえて、一緒に考えよう。そのために来たんだろう？」

「それはもういいんですって」

雪緒は、騒ぐ熊野と黒川をそのままにして公森のそばに行き、挨拶をした。

「こんにちは」

「やあ、どうも、雪緒さん」

「すみません、お約束でしたか」

「んーん、気にしないで。将棋をねえ、だいたい店の休みの日にするんだけども、毎回じゃないから、お互い相手のとこ行って、いたらやるって感じでねえ」

「そうだったんですか」

「だから、もう帰ろうかなあ。こっそりね」

黒川に気付かれると引き留められてしまうからだろう、公森は小声でそう言った。人の良い公森らしい話だが、ふと、雪緒は彼の顔をまじまじと見つめて、彼がユウや千春とよく公園でワークアウトしているということを思い出した。彼もまた、千春たちのプライベートを知る人間なのだ。

「あ！」

雪緒は声を上げ、あたふたと黒川に声をかけた。

「黒川さん、公森さんにもご相談してみては？」

「え？」

公森は自分が突如として話に巻き込まれたことに驚いて、びっくりした様子で口をぽかんと開けた。

二階の部屋に通されて、話を一通り聞いた公森は、開口一番、ずるい！　と叫んだ。

「黒川さんと熊野さんは結婚決まった時にお祝いしてたなんて！　知らなかったよ、ずるい、ずるいよぉ！」

本気で悔しがっているらしい公森を前に、うっ、と黒川は声を上げた。

「いや……でも、本当にその場の流れで乾杯したって感じで……そんな、ちゃんと準備したわけではないですし……そもそもユウ君の作ったものばかりでしたし」

「いいじゃないか、私もお祝いしたい！」

温厚な公森にしては随分力強くそう言って、それから黒川に向かって柔らかく笑った。

「きっとそう思う人、他にもいっぱいいるんじゃないかなあ。ユウ君も千春さんも好かれてるし、結婚した時におめでとうって言った人も、改めておめでとうって言いたいんじゃないかなあ」

「うーん……」

熊野は頭を擦った。

「そういう考えはなかったけど、言われてみれば、他の人たちはユウ君と千春さんから報告されただけだったもんな……」

「そう！　だからねえ、黒川さんのアイディア、すっごく良いと思うよぉ。是非、他の人たちにも聞いてみたらどうかなあ？」

「あのう、でも、この発端、そもそもは僕の個人的な……後悔からの話で」

黒川が躊躇いながらそう説明した。

「妻との思い出を、もっと作っておけばよかったっていう……」

「いいじゃないの、思い出作るのは素敵なことだよぉ。何がいけないの？」

「……押しつけじゃないかなと……」

「いいんだってば！」

あははと軽やかに穏やかに公森は笑った。

「千春さんもユウ君もいつもお節介してくれるでしょ。たまにはこっちからお節介してあげようよ！」

雪緒の胸に、その言葉はすとんと落ちた。

ユウも千春もいつでも人のことを考えて、注文以上の弁当を届けようと、お節介を焼いている。

その思いを返したいと思うのは、確かにきっと、公森ばかりではないのだ。

常連たちは、皆、弁当だけではなく、彼らの優しさにも惚れ込んで通っているのだから。

熊野も、うん、と一つ頷いて言った。

「いいんじゃないか？　俺もさっきはああ言ったが、公森さんの話も尤もだと思う。一度他の人にも話してみたらいい」

「そうだよねえ！　どこでやるのがいいかなあ、それに何人くらい参加するんだろう？　お料理は……」

　話を進める公森を制して、黒川が焦った声を上げた。

「ま、待ってください。僕はやっぱり、千春さんとユウ君の気持ちが一番大切かなと思います。そんなふうに仰々しくお祝いしたら、ユウ君たちに迷惑かも……」

「じゃあ、事前に言えばいいんじゃないのかなあ。ほら、サプライズだったらそりゃ困ることもあるかもしれないけど、あらかじめ知らせておいて、千春さんたちから許可もらっておけば、少なくとも迷惑ってことはないでしょう。本当に嫌なら断るだろうし」

「でも、そういうの断りにくいんじゃ……」

「じゃあ、黒川さんが話してみてよお！　一番ユウ君たちと親しいから、ユウ君も千春さんも話しやすいでしょう。それで、ＯＫが出たら、黒川さんがそのまま発起人代表しよう！」

「えっ……ええっ⁉」

　驚きの声を上げる黒川の腰が座布団から浮いた。

「黒川さん、黒川さんが言い出したことですし、黒川さん、発起人したがってたじゃないですか」

　雪緒が横からそう言うと、黒川は照れた様子で顔を歪めた。

「そうだけど……その、さっきやっぱり止めようって思ったところだったから……」

「私は、公森さんの話聞いて、やっぱりいいなって思いましたよ。いつもしてもらってばかりだから、ユウさんたちにお節介を返したいってお客さんたちいると思うんですよ。黒川さんはお店のお客さんたちとも親しいですし、黒川さんが発起人代表したら、きっとたくさんの人に声をかけられるんじゃないかなとも思います。黒川さんなら話しやすいから、きっといろんなアイディアも集まりますよ」

「そっ、そんなに褒めていただけるような人間じゃないですよ……」

黒川は羞恥（しゅうち）に耐えられないのか顔を手で覆った。それから、ちらっと指の隙間から雪緒たちを見やる。

「いいんでしょうか、僕で……」

「いいに決まってるだろ、ぐずぐずするんじゃないよ」

熊野に呆れ顔で言われて、黒川は手を下ろして顔を見せ、恥ずかしそうに言った。

「じゃあ、実は会場の候補がありまして……」

黒川がけろりとしていきなりそう言い出したものだから、雪緒も公森も、驚いて笑ってしまった。熊野はやれやれといった顔で腕を組んでいたが、やはり嬉（うれ）しそうだった。

二日後、帰宅しようとしていた雪緒は黒川が来店するところにちょうど遭遇した。

「お仕事お疲れ様です！」

「黒川さんもお疲れ様です。今日はお元気そうですね」

黒川ははにかむように笑って頭を掻いた。

「先日はご心配おかけしました。結婚記念パーティーの件、ユウ君と千春さんからOKもらいましたよ！」

「よかった！」

黒川が心なしかうきうきと嬉しそうに見えたのは、そのせいだったらしい。

「じゃあ、色々準備しないとですね。お手伝いしますよ。発起人って他にもいるんですか？」

「今回は時間もないので、色々簡略化させてもらおうと思って、僕が中心でやらせてもらっています。でも、もうあちこち声をかけてお手伝いはお願いしているんです。鷲見さんとこはお兄さんの花農園からお花を手配してくれるって言うし、橘さんは写真撮ってくれるそうですよ！　それに、ケーキは榎木さんとこで用意してくれるって！　会場も大丈夫だし……そうそう、食事はユウ君と千春さんに任せることにしました」

「主役にですか？」

「いやあ、公森さんの発案なんですけどね、ユウ君もやりたいって言うんで……勿論、注文して代金は受けとってもらいますよ。写真もお花もケーキも、お代の発生するものは。あと、まだ知らせてない人たちもいるんですが……」

「じゃあ、私か熊野さんからお伝えして……あ、そうだ、招待状を送る時間はないと思うんですが、お知らせのペーパーを作ってお店に置かせてもらったら取りやすいんじゃないでしょうか」

「あっ、それいいですね！　作ってお店に置かせてもらえないか頼んでみます」

黒川は嬉しそうで、雪緒の気持ちも浮き立ってくる。

黒川がユウたちに思い出を作って欲しいと思ったきっかけの一つは、自分の後悔だろう。

だが、やはりそこには千春とユウへの純粋な好意があって、大切な友人たちに記念になるものをプレゼントしたいという思いが根底にあるのだ。

雪緒がそれを手伝えるのは、千春とユウのためにも、黒川自身のためにも、嬉しい。

「あの、他にもできることあったら、お手伝いしてもいいですか？」

「勿論！　じゃあ、僕からも何かお願いすると思うんですけど、それ以外でも、雪緒さんが気付いたことあったら、どんどん教えてくださいね」

よろしくお願いしますね、と黒川は頭を下げた。

黒川と別れて、荷物を取りに休憩室に戻りながら、雪緒は自分にできる手伝いについて思いを巡らせた。

そこで、ん、と呟いて眉根を寄せる。

そもそも、こういうパーティーとは、何をするのだろうか？

結婚披露宴とかに準拠するなら、たとえばケーキ入刀とか、身内への手紙とか、何かしらの余興とかがあるのだろうか。それとも、もっとシンプルな方が千春たちの好みだろうか。

鞄を回収した雪緒は、気付くとコンビニで結婚情報誌を入手していた。

千春が振り返ると、一つにまとめたやや色素の薄い髪の毛が揺れた。

「パーティーでやってみたいこと？」

「はい。何か、ありますか？」

千春は翌日に備えて厨房で豆を水に浸しているところで、雪緒は今日の昼の配達を終えたタイミングだった。店は夕方の開店に向けて準備中で、ユウは裏口で届け物を受け取っている。

黒川からは千春たちのＯＫをもらったとは聞いていたが、詳しいことを聞いておいた方がパーティー開催の助けになるかと思ったのだ。

「うーん、なんていうかめちゃくちゃ嬉しくて全然冷静になれないからよくわかんないな……」

千春はしばらく考えた末にそう言って、照れたように笑った。

「こんなふうにお祝いしてもらえるなんて思ってなかったから。正直すっごく嬉しいんだよね」

「きっと、たくさん来ますよ。私もお祝いさせてもらえて嬉しいです」

「ありがとう。……というわけで、今の私はふわふわしちゃって、なんかうまく想像できないな……」

雪緒はもう少し具体的に訊いてみることにした。

「たとえば、普通の披露宴だと、プロフィール紹介とかケーキ入刀とかありますが……」

「うん……えっ、待って、何その雑誌……」

雪緒が掲げて見せた結婚情報誌を見て、千春がぎょっとした顔をした。

「やっぱり、何か始めようと思ったら、雑誌が便利かなと思いまして。私、祖父から車譲り受けた時も、専門誌と入門書から勉強しましたし」

「おお……真面目だ……あ、いや、勿論良いねって意味だけど」

「ありがとうございます。それで、いかがですか、プロフィール紹介」

「ええと……ゲストは私たち二人のこと知っている人たちばかりだと思うし、プロフィールはなくてもいいかなあ……ケーキは食べたい」

「切りたいのではなく」

「食べたい」

なるほど……となんとなく雪緒も納得した。何しろ彼らはもう何年か一緒に働いているのだろうし、『初めての共同作業』なんてとっくの昔に済ませているわけだ。今更だろうし、ケーキを切るより食べたいというのは千春らしいことだ。

榎木さんにいろんなケーキ作ってもらってビュッフェ形式にした方が喜ばれそうだな

……と雪緒は思い、取り出したメモに書き付けた。黒川さんに相談してみよう。

「他には……サプライズプレゼントとして手紙を贈るとか……」

手紙とは言ったものの、パーティーには両親は呼ばなくていいと言われている。

雪緒の提案に、千春はハッとした顔をした。

「それは……なんだかいいなあ。ちょっと考えさせて欲しいな」

「わかりました。他に気になることや要望はありますか？　イメージカラーとか、音楽とか……」

「黒川さんたちにお任せしてもいいのかな？　それとも負担大きくなっちゃうかな？」

「大丈夫だと思いますよ」

準備をしているのは黒川だけではない。花なら花農園、ケーキならパティスリー、専門家のところに安心して任せておける。具体的に知りたいことがあれば黒川はユウたちや他の人に相談するだろうし、問題ないだろう。

凄いなあ、と千春はしみじみ呟いた。

「結婚式の準備って大変だろうしやらなくていいかなって思ってたんだよね。自分たちのことでさえそうなのに、黒川さんたちは私たちのためにそういう苦労背負って、準備してくれて……本当に凄い。ありがたいよ」

「たくさん手伝ってくれる人がいるって黒川さん言ってましたよ。詳しくは秘密なんですけど……くま弁は、良いお店ですね」

千春は、うんと頷いて微笑んだ。

ユウの戻りが遅いので、雪緒は厨房を出て裏口に様子を見に行った。

ユウは裏口で、受け取った荷物の検品をしている。使い捨ての弁当容器などの消耗品で、軽いがかさばる。

「運ぶの手伝います」

「ああ、ありがとう」

「あの、今度の結婚記念パーティーのことなんですが」

ユウは、うん、と頷いて、二箱分を休憩室に運んだ。

雪緒も一箱手伝いながら、話しかける。

「何か、ご要望とか、気になることとかありませんか？」

「ありがたいお話で、僕からは何も要望と言えるものはないんだけど……」

「なんでもいいですよ。用意しておいてほしいものとか」

ユウは、休憩室に運んだ段ボールの中のものを、形状ごと、用途ごとに分け、ちゃぶ台に並べていた。ううん……と考え込んで唸る間、ちょっとその手を止める。

「いや、本当にしてもらうばかりで、黒川さんたちになんだか悪いなって思うくらいで」

雪緒は小首を傾げた。これも一つの『要望』かもしれないと思ったのだ。してもらうばかりであることを気にしている……ということは、ユウからも何かしたいということだろう。

「お料理はくま弁にお願いしていますし、みんなそれを楽しみにしている部分はあると思うので、そんなふうに感じることはないと思いますが。でも、たとえば、ユウさんが、千春さんのためにやってみたいことってありますか？」

「え？」

黒川たちに悪いなという思いを吐露したのに、千春の名前が出てきたので、ユウは驚いた様子だった。

「元々これは黒川さんが式とかパーティーをユウさんたちにプレゼントしたいって話から始まったんです。ユウさんたちが結婚式をしなかったから……それなら、やっぱり大事なのはお二人のお気持ちだと思います。ユウさんは、千春さんのために、何がしたいですか？　思い出に残る、ユウさんの気持ちを伝えられる何かがあれば、千春さんももっと嬉しいかもしれませんね」

「……………」

ユウの頬が少し赤くなったように見えた。嬉しそうな、恥ずかしそうな表情で、彼は微笑んだ。

「ありがとう。でも、僕あんまり詳しくなくて……」

「それならこれがありますよ！」

雪緒は千春にも見せた結婚情報誌をユウに見せた。

「結婚式のこと、色々書いてあります。勿論、今回のは結婚記念パーティーで、違うとは思いますが、ヒントになったらいいなと……」

「買ってくれたの？　ありがとう……」

そう言いながらユウが手を止めたのはウェディングドレスのページだ。モデルたちが純白の美しいドレスを着ている。次のページはカラードレスだ。雪緒の視線に気付いて、ユウは照れた様子で言った。

「あ……その、着たら、きっと素敵……だろうなと……思って」

「そうですね！　きっとすごくお似合いだと思いますよ！」

「いいですね～！」

と言ったのは、厨房から出てきた千春だ。今の会話は聞こえていたらしく、雑誌を覗き込んでにこにこしている。

「確かに似合いそうですよね、タキシード！」

千春は確かにウェディングドレスのページを見ていたが、その女性モデルのそばに、小さめの写真だが白いタキシードを着た男性モデルの姿もあった。

「…………そういうわけじゃないんです」

説明の困難さによってユウは何故か丁寧語になっている。

「照れなくていいですよ。私も見てみたいですよ、ユウさんのタキシード。こんな機会でもないと着ないですもんね。どういうところでレンタルできるのかなあ。ちょっと調べてみましょうよ」

千春は勘違いしている。ユウは花婿としてタキシードを着たいのではなく、千春がドレスを着たら似合うだろうなあと想像していたのだ。

ユウがなかなか訂正しようとしないので、結局雪緒が声をかけることになった。

「千春さん……あの、ユウさんは、千春さんがこういうドレスを着たら似合うだろうなって話していたんですよ」

「え……ええっ、あっ、私かあ……」

私かあ……と言ったきり、千春は黙り込んだ。次第にその顔が赤くなっていく。

「いやあ……どうだろう。ほら、やっぱりこういう裾の長いドレスを外で着ると、汚しちゃうし……いや、着てみるのも面白いかな～とは思うけど……そんなにスタイル良くないしなあ……」

「スタイルとか関係ないよ、千春さんは綺麗だから……」

ユウが真面目な顔でそう言った。

「えっ、あはは……まあ、いやあ……嬉しいけど……」

聞いている雪緒も恥ずかしくなってくる。いや、これはそばにいたらまずいかな、二人で話し合いたいかな……と一歩後ずさった時、千春が言った。

「あっ待って待って！　ごめん、大丈夫、あの～、じゃあドレスは自分で探してみるので……と言っても、もう時間がないし、ウェディングドレスってわけにはいかないけど」

「ドレスなら若菜ちゃんがお手伝いしたいって言ってましたよ。後で連絡しておきますね」

「えっ、ありがとう」

「あと、あの……よかったら雑誌差し上げますので、何かあれば連絡ください」

雪緒はそう言ってそそくさと荷物をまとめて帰ろうとした。一旦帰って、夕方にまた仕事だ。

あ……とユウが頼りない声を上げたので、一瞬雪緒は彼を見やった。何か、助けを求めるような顔をされた……気がした。

「それじゃあ、後で」

そう言って、雪緒は二人に軽く頭を下げて店を出た。

帰宅後にスマートフォンを取り出す。ユウ宛てに何かメッセージを送らなければ……と思っていたのだが、すでにユウからのメッセージが届いていた。

雪緒はちゃぶ台の前に座ってメッセージを確認し……思わず笑みを零した。

『千春さんを喜ばせるイベント、何かないかと探しています。手伝ってもらえませんか？』

取り残されたような不安そうなユウの顔を見て、そうではないかと思ったのだ。こうしてわざわざメッセージを送ってきたということは、千春には内緒にしておきたいのだろう。

　これは是非協力したいところだ。ユウが千春を喜ばせようとしているのが、雪緒は嬉しかった。普段から愛情深そうなユウだが、こんなふうに『特別なイベント』を企画するタイプの人間とは思っていなかった。黒川たちの気持ちに背中を押されて、自分もやってみたいと思ったのだろうか。

　何がいいかな、と早速雪緒は考える。実は他の結婚情報誌も入手していたのだ。いそいそと鞄から雑誌を取り出す。

　最初に開いたページには、実際の結婚式の写真が載っていた。モデルではない、実際のカップルの写真に、雪緒もドキドキしてくる。いや、別に雪緒が結婚するわけではないのだが。

　結婚式の雰囲気も様々だ。明るい色彩の花と光に溢れたホテルの式場、和モダンといった雰囲気の赤い絨毯敷きの会場。ガラス張りの天井の下で、列席者の花吹雪を浴びながら微笑む新郎新婦。幸せそうな親族に、笑い合って乾杯する友人たち。

　自分は結婚したい相手もいないし、そもそも誰かと結婚したいと思ったことはないのだが、人が幸せそうな顔をしているのを見ると、こちらも穏やかな気持ちになれる。

　とはいえ、新婦のために新郎が用意するイベントというと、具体的には何があるだろうか。

「う～ん……ユウさんがやって千春さんが喜ぶこと……」

と口に出すと、すぐに答えは出た。そう、勿論料理だ。千春はユウの料理の大ファンなのだ。千春は元々美味しそうになんでも食べる人だが、ユウが作った料理を食べている時の千春は、特に……何度でも恋に落ちていそうな様子に見える。

料理、料理と呟きながら、ページをめくる。元々パーティーの料理はくま弁で用意してもらうという話だ。ということは、それ以外ということになる。

「ケーキは榎木さんのところだし……アルコールはお店で出るし……」

たまたま開いたページにあったのは、ケーキ入刀の写真だ。二人でナイフを持ち、笑顔で写真に写る新郎新婦。

「いや……入刀はしなくていいって言ってたな」

その下の写真では、新婦の口元まで新郎がケーキを運んで食べさせようとしている。新郎新婦が互いにケーキを食べさせ合う、ファーストバイトというイベントだ。

「……あ！」

写真を見た途端、ユウと千春のファーストバイトの様子が頭に浮かんだ。これだ。

ユウにメッセージを送る。ぽん、という音とともにすぐに返信が来る。ユウも乗り気だ。具体的なアイディアをまとめている間にも、ユウから興奮した様子のメッセージが来る。雪緒の発案を気に入ってくれたようだ。

嬉しくて、雪緒は笑顔になってしまう。

ユウと千春は、雪緒の人生を変えた存在だ。

自分の無力さに絶望して、立ち止まってしまった雪緒が、くま弁での仕事を通して、もう一度誰かのために何かしたいと思えるようになった。

だから、今ユウと千春を手伝えて、舞い上がりそうなくらい嬉しい。

他の人もきっと、それぞれの理由から、ユウと千春のために準備を進めているのだろう。

新たなメッセージが届いて、雪緒はスマートフォンを確認した。

『改めて千春さんに自分の気持ちを伝えたいんですが、雪緒さんはお品書きを書くときに、心がけていることはありますか？』

心がけていること。

そう訊かれると難しい。相手のことを思いやって、正直に、伝わる言葉で……くらいは考えているが、一人一人事情も違うから、気遣いの形も様々なのだ。

雪緒はしばらくスマートフォンを放り出し、腕を組んで唸ってから、またスマートフォンに手を伸ばした。

『ユウさんにとって、千春さんがどんな存在か、改めて言葉にしてみたらどうでしょうか？　大事なのは、それが千春さんにちゃんと伝わることだと思いますし、きっと、伝えられると思いますよ』

そう打ち込んで、送信する。

これからする準備を思い、雪緒はわくわくしてきた。

パーティー当日が楽しみだ。

すすきの駅前のビル群にはそれぞれに大量の店舗が入っている。夜ともなればそこを目指す大勢の人々が駅から吐き出されてくるし、昼間でも人の通りは多い。

まだ昼の明るさの残る午後、目当ての商業ビルの前にバンを停めた雪緒は、エレベーターに乗って七階で降りた。店の前に置かれたイーゼルには、手描きのウェルカムボードが飾られている。千春たちを描いた笑顔のイラストだ。くま弁には世話になったからと、かもの花農園から花とともに送られてきた。現在大学生のかもの花農園の息子には絵心があるのだ。その絵は笑顔の千春たちの周りに弁当と花が描かれた、温もりと華やかさのある楽しい雰囲気のものだった。

中に入るとまだ準備中で、バーの店員やパーティーの協力者たちが忙しそうにあちこちで働いていた。ぴかぴかに磨かれた床にテーブルと椅子を配置し直し、クロスをかけて花を飾る。

雪緒はきょろきょろと周囲を見回し、バーカウンターの向こうにいた黒川を見つけて声をかけた。

「こんにちは、黒川さん。お料理お届けに来ました」

「こんにちは……えっ、これすごい量だね!?」

量が半端ではないので、雪緒は台車を押していた。鍋ごと持ってきたものもあるし、ばんじゅうも何段にも重ねている。一部は盛り付けるための皿なども用意しており、そちらは桂が一緒に来て手伝ってくれている。

「桂君、お店は大丈夫？」

「大丈夫ですよ、榎木さんも夜にはケーキ持ってきて参加です」

「ありがとう！　忙しいのに本当に……」

「今は閑散期ですよ。それに、ユウさんと千春さんのためなので」

さらりと言ったが、後から少し恥ずかしそうにしている。

桂は持ってきた荷物を厨房（ちゅうぼう）とカウンターに置くと、一旦店に帰っていった。

「盛り付けって雪緒さんが？」

「はい。後で熊野さんも来てくれますから。それと、こちらのお店の方にお願いしたいこともあって……お肉焼くのはどうしても直前にしたいので、熊野さんに厨房に入ってもらう必要があるんです」

「あー、お店は大丈夫、なんでもやっていいですよ」

「黒川さんは、大丈夫ですか？　何かトラブルとかないです？」

「大丈夫、本当にみんな手伝いに来てくれて……あっ、来たっ、橘さんだ！　おーい！」

橘は写真館で働くカメラマンだ。自然を相手にする写真の方が得意だそうだが、勿論（もちろん）仕事柄人物も撮り慣れている。肩からカメラバッグを下げてきた彼は、今日も髪の毛が撥（は）ねていて、そういう無造作風のヘアスタイルなのか寝癖なのか判断がつきにくい。

手を挙げてのんびりと挨拶した橘は、早速黒川から説明を受けている。

「どうも～」

だが、説明を聞いているのかいないのか、橘はきょろきょろと辺りを見回すと、店の一面を占める大きな窓に目を付けて、近づいていった。

「うわ～、いい眺めですね」

窓からはちょうどすすきの交差点を見下ろすことができた。行き交う車や、立ち並ぶビルに掲げられた巨大な広告が見渡せる。まだ夕方だったから、繁華街は太陽の光の中で物静かで、ただの商業ビルの塊に見えた。

「夜は凄いですよ。車のテールランプも広告も店の明かりもあるから、ぼんやり明るくて。細部を見ると現実の雑然とした感じなんですけど、全体を見るととても美しい」

黒川は街を見下ろしそう語る。愛するものを語る人の口調だ。黒川がやや遅い時間に、アルコールと香水の匂いをまとって来店することを思い出し、彼はこの地にゆかりのある人なのかもしれないと思う。

「楽しみです」

日が沈む頃、眼下の街は新しい一日を始めるのだろう。

それまでに、準備を整えなければ。

雪緒は腕まくりをした。ここまで規模の大きいケータリングは初めてだ。少し慣れない作業もあるが、誠心誠意、やらなくては。

今日を、特別な日にするために。

雪緒もよく知る人たちが、次々にやってきた。

占い師のカタリナとして知られる片倉は、青い美しいロングドレスに共布の小さな帽子とヴェールをあしらったヘッドドレスという印象的な装いだったし、千春とも親しい若菜は、繊細なレースで縁取られた明るいグリーンのドレスを着ていた。片倉は店の飾り付けを手伝い、若菜は盛り付けを手伝ってくれた。

徐々に太陽が沈み始め、店の雰囲気も変わってきた。窓からの陽光が明るく差し込んでいた店内には、間接照明の他にテーブルごとにロウソクが灯され、花で飾られた。花は薔薇と百合をメインに白系でまとめられ、青いテーブルクロスによく映えた。店の雰囲気も好ましく、派手すぎず、シックで落ち着いている。窓の反対側にはバーカウンターがあり、黒川はせっせとグラスとウェルカムドリンクの準備中だ。

まだ会場は正式にはオープンしていなかったのだが、すでに準備のためにかなりの人間がそこにいて、ぼちぼち受付を始めようということになった。

ちょうど十九時頃日が沈んだ。

その頃には雪緒も一旦戻って着替えていた。ネイビーのシンプルなドレスで、ウエストに切り返しがあって裾がアシンメトリーなデザインのものだ。髪をアップにするのも真面目にパーティー用にメイクするのも久しぶりで、少し落ち着かない。

「若菜ちゃん……」

受付をしていた若菜に声をかけると、ぎょっとされた。

「うわっ、ちょ、え、誰かと思った！　普段なんなの、ノーメイクなの？」

「いや、ノーメイクってことはないけど。濃い？」

若菜とは随分親しくなっていて、敬語はいらないと言われてからは客と店員というよりは友人のようになっている。

「濃くはないよ～、なんかしゃきっとしてるからびっくりしただけ。いい感じだよ！」

ということは普段はあんまりしゃきっとしているように見えないんだな……と雪緒は気付いた。滞りなく会費を納めて会場に入り、ウェルカムドリンクを受け取る。

日が暮れて、窓の外には昼とは違う世界が広がっていた。

車のテールランプとビルの明かり、輝く巨大な広告によって、夜の闇は地上から押しやられている。

会場内にはいつの間にか千春とユウの姿もあった。こういうのは主役カップルは後から拍手で迎えられるものと思っていたが、考えてみたら披露宴でもその二次会でもなく、結婚記念のパーティーという体裁なので、最初からいてゲストを迎える側になっているのだろう。

千春はコーラルピンクのAラインドレスを着て、ユウの方はグレーのスーツに白いポケットチーフと花を差していた。千春が振り返ると、ミモレ丈のドレスがふわっと揺れた。花で飾られたボリュームのあるヘッドドレスをつけている。全体的に可愛らしい印象だが、ドレスの広がり方が綺麗で、主役らしい華やかな存在感があった。

千春は雪緒に駆け寄ると、その手を取った。

「雪緒さん、来てくれてありがとう！」

これまでに見たことがないような晴れやかな笑顔の千春に至近距離で見上げられ、雪緒はどぎまぎしてしまった。かろうじて考えていたお祝いの言葉を伝える。

「結婚記念日、おめでとうございます。これからもお幸せに」

「ありがとう、雪緒さんも色々準備してくれたって聞いてるよ。相談にも乗ってくれて……」

「千春さんこそ、お料理の準備お疲れ様でした。すごく美味しそうですね」

「ありがとう。手紙も準備できてるよ！　びっくりさせたいなあ」

千春はそう言うと、悪戯っぽく笑って見せた。

他のゲストと話していたユウがやってきて、雪緒にも挨拶してくれる。

「千春さん、すごく綺麗ですね」

ユウにそう言うと、彼は大真面目な顔で頷いた。

「うん。宝石みたいだ」

「…………」

照れたりするのかな、と思っていた雪緒はあまりにもまっすぐな表現にちょっと驚いて、一瞬言葉が出なかった。千春の方が顔を赤くして困った様子だ。

見かねたのか、黒川が横から声をかけた。

「ユウ君ね、千春さんが褒められるたび、自分も毎回違う表現で千春さんを褒めるんですよ」

ユウはやはり真面目くさった顔で言った。

「会場の誰より自分こそが千春さんを褒められるんだという気概を持っています」

千春は、嬉しいし止めたいわけではないが毎回毎回恥ずかしくなってしまって困っている、というところだろうか。たぶん、この状況が彼をそうさせているのではないだろうか。ユウも普段はこんなふうに開けっぴろげなタイプではないはずだから。

「……後から思い返して恥ずかしくなっちゃうかもしれないよ？」

千春がそう言うと、ユウは照れる様子もなく微笑んだ。

「それも思い出だよ。せっかくなんだから、たくさん作ろう」

ユウの差し出した手に千春が手を重ね、二人はゲストたちに挨拶に行く。

それを見送って、ふふ、と雪緒は笑いを漏らした。

「ユウ君、めちゃくちゃ浮かれてますすよ」

目を細めて、嬉しそうに彼らを眺める黒川を見て、雪緒も頷いた。

「幸せそうですね」

自分のことを言われたとは気付かずに、黒川はそうですよねえと同意していた。

新たなゲストは大柄な男性で、ユウのことをアニキと呼んで抱きついた。髪をオールバックにしてポンパドールを作っており、巨大な花束を抱えている。ユウの陰になっていた千春に気付くと、誰より大きな声でお祝いを言って、花束を千春に渡した。

「アニキ、千春さん、おめでとうございます！　本当に、こんなふうに改めてお祝い言えるの嬉しくて……！」

「ありがとうございます、ショウヘイさん」

ショウヘイと呼ばれた男性は身を震わせて泣き始めてしまった。

雪緒がびっくりしていると、黒川が説明してくれた。

「ショウヘイさんは、ユウ君の大ファンなんですよ。ちょっと遠方に住んでるので、なかなか来られないんですが、パーティーのこと知らせたらすごく興奮して、絶対に行くって言ってて……こういう機会を喜んでもらえて、嬉しいですね」

「そうですね……」

雪緒がちょっと呆然（ぼうぜん）としてショウヘイとユウと千春の様子を見ていると、黒川の視線を感じた。今日の黒川は髪を丁寧に撫（な）で付けて、ストライプの入った細身のスリーピース姿だ。視線が合うと彼はにこりと微笑んだ。年相応の皺（しわ）が口元に出来た。

「あの時、背中を押してくれて、ありがとうございます」

「いえいえ。私もお祝いを言えてよかったです。準備、お疲れ様でした」

「僕司会進行もやるんでまだまだこれからですよ」

雪緒さんももう一仕事ありますよ、と小声で言われて、雪緒は覚えてますよと頷いた。

ユウと千春による挨拶、黒川の乾杯から始まったパーティーは、始終笑い声が絶えない賑やかなものだった。

一番盛り上がったのは、雪緒とユウで企画した、ファーストバイトだ。

普通の結婚式ではウェディングケーキ入刀ののちに新郎新婦がケーキを相手に食べさせ合うというイベントだが、今回はケーキ入刀はない。千春もそのつもりだったので、突然司会進行役の黒川が次はファーストバイトですと言った時、驚いて、へぇっ、という声が漏れていた。

「実は今回、ユウ君が是非千春さんに食べさせたいということで、特別に用意してくれました。大上祐輔君特製弁当です、お届けするのはお馴染みくま弁従業員の久万雪緒さんです！」

うろたえる千春の前に、雪緒がくま弁のロゴ入りの袋を届けた。

ありがとう、と上擦った声で言って千春はそれを受け取り、黒川とユウの様子を見やって、袋から小ぶりのお重を取り出す。漆塗りの美しい重箱には、くま弁のお惣菜が綺麗に収まっている。

「えーと、じゃあゲストの方にはちょっと見えづらいと思うので、ユウ君、中身の解説お願いしますね」

ユウはマイクを受け取って、穏やかな目を千春に向けた。千春はすでにお重を見つめて驚きの余り固まっている。

「とら豆、五目きんぴら、鮭かまは、千春さんが初めて食べてくれた私のお弁当のおかずです。肉じゃがは、千春さんのお母様に食べていただいたもので、サクラマスのソテーは千春さんにプロポーズした時にお出ししたものですね。それからザンギは、千春さんがうちに初めて来た時に注文したんですが、あまりにも揚げ物がダメそうな顔をしていたので、私が勝手に鮭かま弁当に替えたという思い出の一品です。これがなれそめでした」

結構めちゃくちゃやったんだな……と雪緒は店長の知らなかった一面を見て驚く。周りの客はどっと笑っていたが、熊野は、無茶するやつだよと呆れ顔で言っていた。

「それに、山わさびのおにぎりは千春さんが私を励まそうと作ってくれました。かにクリームコロッケは私がいない間にショウヘイさんと一緒にお店を手伝ってくれて……」

ユウの説明は続く。

「これは、私と、千春さんとの思い出を詰め込んだお弁当です」

ユウはスイッチを切ってマイクを置き、ゲストではなく、千春の方を向いた。

まだ唖然としている千春の手を両手で取り、包み込む。

「千春さん」

「は、はいっ」

「千春さんがいなかったら、できなかったこと、踏み出せなかったことがたくさんあります。千春さんはいつも僕に勇気をくれる。人のために何かしようとする時、僕は時々、余計なことじゃないかなと悩んでしまうけど、でも、あなたとの最初の思い出が……あなたに、勝手に鮭かま弁当を作った思い出が、それでもいいんじゃないかって背中を押してくれるんです。お節介を煙たがられることがあったとしても、喜んでくれる人がいるのなら、踏み出すことに意味はあるんだと思えるんです」

千春の目は大きく見開かれて、ユウを見つめている。その目はきらきらと光が溢れてくるように輝いて、頬は上気している。

「僕が今僕としてここにいるのは、千春さんのおかげです。人と向き合って、こんなふうに思いを交わせる人間になれるなんて、きっと当時の僕には信じられないと思う」

ユウは微笑んだ。

「千春さんからもらったたくさんのものを、お弁当に詰めて、感謝を伝えたかったんです。千春さんは、よく、自分のしたことを小さく見積もりがちだから、こうしたらわかりやすいかなって。ありがとう、千春さん。僕は、これから何十年も、一緒に過ごしたい。今度は、僕が、あなたを勇気づける存在になれたらいいなと思うよ」

それから彼は千春を抱き締めた。ヒール付きの靴を履いても千春の頭はユウの肩くらいまでしかなくて、その両の腕に包み込まれてしまう。

「これからも、末永く、よろしくお願いします」

「はい……！」

答える千春は、ユウの身体に腕を回して、ぎゅうと力一杯抱き返した。ほとんど嗚咽さえ漏らしながら、千春は何度も頷いている。

ゲストのテーブルからは二人を応援するような拍手が沸き起こり、照れた千春とユウが列席者に頭を下げる。

くま弁の袋からいつもの割り箸を取り出したユウが、鮭を解して箸で千春に食べさせると、千春もお返しに、まだ泣きながらおにぎりを差し出した。

わあっとゲストの歓声が上がって、また拍手が鳴り響いた。

「では、ここで千春さんからユウ君へのプレゼントがあります」

黒川にそう言われて、千春はハッと我に返った様子で涙をハンカチで押さえた。

「あっ、あの、ユウさん、私から贈り物があります」

千春はそう言って、黒川に渡された紙袋から、金と白のリボンで飾られたプレゼントを取り出した。

「私も、これからもずっと一緒に歩いていきたいです。こうやって集まってくださったゲストの皆さんのためにも、お店をこれからも盛り立てていきたいです。だから、今日は……ユウさんとお店の役に立つものをと思って、選びました」

箱にはリボンがかかっていたが、包装はされておらず、プレゼントされたものが見えていた。

「包丁セットです」

それは見事な包丁だった。

おそらく職人の手になる逸品で、料理人には知られたブランドなのだろう……雪緒はよく知らないが。

だが、結婚式……ではないにしろ、結婚を記念するイベントで、刃物を贈るというのは……。

同じポイントが気になったらしい黒川が、あっさりと言った。

「千春さん、包丁って『切る』に繋がるから、あんまり縁起良くないと思いますよ」

「えっ、あ……あああっ」

言われるまで気付いていなかったらしい千春は、そう言われて頭を抱えてしまった。

「そう言えばそうでした……！」

「いいですよ、そんなもので僕たちの縁は切れないですから。実用的ですし」

ユウは千春の手を取ってそう言った。

「ありがとう、千春さん。美味しいもの作りますね」

「はい……」

千春のまだ赤い頬にユウがキスをした。

その後各テーブルに運ばれたくま弁の料理は、スプーンに載せられた一口サイズのアミューズから始まり、海老と野菜のミルフィーユ、自家製ハムやテリーヌなどシャルキュトリー盛り合わせ、アスパラガスのムースといった前菜へと続く。ユウはアメリカで料理を学び働き始めた時にフレンチの修練も積んでいたそうで、今回はフレンチを基本としていたが、道産野菜を使って素材の風味を大事にしているところはいつものくま弁と同じだった。冷たいものは冷たく、温かなものは温かく出てくるのは、会場となった店のスタッフと熊野のおかげだ。

「どうかしたの？」

隣の若菜が何かやたらきょろきょろと周囲の皿を見回していることに気付いて、雪緒はそう声をかけた。若菜は、いや、と呟いて、雪緒の皿をまたまじまじと見つめて、やっぱりそうだと呟いた。

「ほら、アタシと雪緒さんの料理、違う」

前菜の皿を指差して、若菜は不思議そうな顔だ。若菜の皿には、一品多い。姫竹や海老などの天ぷら盛り合わせだ。抹茶塩とお箸も添えられている。

「お品書きに書いてあるよ」

そう教えると、若菜は訝しげな顔のまま、傍らに置いていたお品書きを手に取った。

「えっと……あ、本当だ。春の天ぷら盛り合わせって……」

呟いて、若菜は目を大きく見開いた。

「あれっ、これ私専用って書いてある……」

そう、たとえば雪緒のお品書きには天ぷらの記載はない。若菜のお品書きには天ぷらが載っていて、そこに彼女の専用メニューであることが書いてあるのだ。

「私のお品書きは、魚料理が違いますね」

そう言ったのは、若菜の隣で話を聞いていた片倉だ。悠然と微笑んで、若菜に自分のお品書きを見せている。

「若菜ちゃんと片倉さんだけじゃありませんよ。皆さんそうなんです。何か一品、特別に作りたいって、千春さんとユウさんが」

雪緒がそう説明すると、若菜は目を輝かせて周りのテーブルも見ようと腰を浮かした。

「えっ、すごい……本当だ、違う……」

「ゲストの方のお好きなメニューで感謝を表したいって」

若菜はぽかんとしてお品書きを見て、それからまた、天ぷらを見やった。

一瞬顔をくしゃっとしたので、泣くのかと思ったが、彼女は笑顔になって、その笑顔を雪緒に向けてくれた。

「嬉(うれ)しい！」

若菜の弾(はじ)けるような笑顔に、雪緒も笑みを返した。

同じテーブルの人たちも、他のテーブルの人たちも、皆笑顔で、若菜同様気付いたのか、お品書きを見て感心した顔をしたりもしている。

今日ほど大勢の客の笑顔を見られる日はないだろうなと思って、雪緒は記憶に焼き付けた。何しろ、普段は配達しておしまいになってしまうので。

毛蟹のビスクスープ、魚料理、口直しのシャーベットを経て肉料理のメインであるびらとり和牛のイチボステーキを堪能した頃、バーカウンターの横にスイーツビュッフェのスペースが作られて、パティスリー・ミツの榎木光彦が桂とともに紹介された。雪緒たちは目配せし合って立ち上がった。デセールとプティフールがずらっと美しく並んでいる。

そこから数種類を皿に取った雪緒がテーブルに戻ると、隣の席の若菜がにこにこ微笑んで千春たちを眺めていた。千春とユウは僅かながら二人の時間を持って、笑い合っているようだ。

「千春さんとユウ君って、いいなあ」

雪緒が席に座ると、若菜はそう言った。少し酔っているのか、のんびりとした口調だった。

「なんだか、お互いすごくぴったりって感じがする。二人とも優しいし、親切だし」

若菜の言葉はよくわかる気がした。

勿論、ぴったりと言っても、彼らは違うところもたくさんあって、たとえば千春はどちらかというとおおらかだが、ユウはもう少し細かいところが気になるようだし、千春の方が思い切りが良いことが多いようだ。

だが、他人を思いやる姿勢だとか、互いを大事にして、尊重し合うところなどはよく似ている。

違うところと、似ているところが、良い感じで噛み合っている。ぴったり、というのはそういうことだろう。

「アタシは、いいなって思う人がいても、引け目に感じちゃうんだよね」

「引け目？」

「アタシなんかって……あっ、やだあ、こんなところでこんなこと話しちゃって。ごめんね、酔ってるみたい」

若菜は恥ずかしそうに目を伏せた。

「若菜ちゃんも、素敵だよ」

「いやいや……」

「素敵な女性だよ。優しくて、親切で、頭が良くて、私の相談にも乗ってくれたもの。千春さんのドレス選ぶお手伝いもしてくれたでしょう。綺麗で、華やかで、千春さんによく似合ってる！」

「………」

若菜はアルコールのせいだけではなく顔を赤らめて、ちらっと雪緒を見やった。目が合うと、彼女は花開くように笑った。

「まあ、くよくよしなくていいか。雪緒さんにモテてるんだから」

「そうそう」

笑い合って、雪緒は彼女と乾杯した。

グラス越しに見えた千春とユウは、顔を見合わせている。どちらが何を言ったのか、大きな口を開けて、楽しそうに笑っている。

いいなあ、と思う。

人が人と出会って、それがこんなにもぴったりの、互いに寄り添える相手と気持ちが通じ合って、まだ見ぬ未来の約束を交わせるなんて。

羨ましいわけではなく、ただ、よかったなあと思うのだ。

千春が視線に気付いて、手を振ってくれる。ユウもはにかんだように笑っている。

胸の中でぱちぱちと星が弾けるようだ。シャンパンのように、明るい希望のようなものが弾けている。ぱちぱち、しゅわしゅわ、と自身の胸で弾けるそれが、いつか巡り巡って誰かへの想いに行き着くのだろうか。そうしたら素敵かもなあ、と思う。そういう出会いは、良いと思う。

そんなふうに考えてくすくす笑ってしまって、少し酔っていることを自覚した。

甘いデセールやプティフールの匂いに混じって紅茶とコーヒーの香りが漂う頃、ユウが立ち上がって、ゲストの注目を集めた。

彼は、僕たちから手紙があります、と言って、封筒を取り出した。親族はこの場には招いていない。手紙の話は聞いていたが、誰にだろう、と雪緒は思った。

「黒川さんへ」

それまでユウたちを見守っていた黒川が、突然ユウから名前を呼ばれてびっくりした顔をしている。まったくの予想外のサプライズだったらしい。そもそも最初は黒川の方がサプライズでのパーティーを計画していたのに、逆になっている。

「ここに来たばかりの僕のことを、黒川さんは、絶対に懐かない猫みたいだとおっしゃっていました」

そういう書き出しから始まった手紙は、時にユーモアを交えながら、バイク事故をきっかけに熊野に雇われて働き始めたこと、当時のユウの心境、黒川との関わりなどを綴っていた。

不意に彼は手紙から目を上げて黒川を見た。

「黒川さん、ありがとう。『懐かない猫』みたいだった僕の世話を焼いてくれて、こんなふうにお祝いの場を用意してくれて。黒川さんは適当なところもある人で、年上だなんて信じられないこともありますが、僕たち夫婦にとってとても大事な友人です。こんなことを言うと……変な感じもしますが、兄……のような存在とはこんな人なのかなと思っています」

ユウは黒川を見ていたが、黒川は手で顔を覆って俯いていた。顔を上げられないのだ。それでも、隣の熊野から差し出されたハンカチで目元を拭い、なんとか体裁を整える。目元は赤く、ティッシュで鼻を押さえていた。

「ユウ君……」

周りに促されて手紙を受け取るために立ち上がると、ユゥが黒川のテーブルまで来て、手紙を渡した。

ありがとう、と震える声で受け取って、黒川はユゥと握手し、それから肩に手を回して、強く抱きしめた。

「これからも幸せになあ、ユゥ君」

「はい」

ユゥも強く彼を抱き返し、涙声でそう答えた。

新婦の父のようになっている黒川が周りに頭を下げて席に座るまで、皆が拍手していた。

パーティーは終わりに向かっていた。

ユゥと千春からゲストへの感謝の言葉があって、まだ少し目の赤い黒川が、閉会を宣言した。千春たちに見送られ、雪緒も会場を後にすることになるだろう。

退場する時、ふと思い立って、窓辺に近づいた。見下ろす光景は、夜が深まってもなお明るい。車のライトが増えた気がする。ここは暗くなることはあるのだろうかと考える。

気配を感じて顔を上げると、近くに黒川が立っていた。彼が見ているのは、窓の外の景色ではなく、ゲストを見送るユゥたちだったが。

黒川は、退場する気もなさそうに見える。

「……お疲れ様でした」

「あっ、ありがとうございます。雪緒さんもお疲れ様でした」

「良いパーティーでしたね」

「そうですねえ」

黒川の目元はまだ赤い。というか、今も彼は涙ぐんでいる。

黒川が、ユウたちを眺めたまま言った。

「ユウ君たち、思い出たくさん作れましたかねえ」

「作れたと思いますよ」

雪緒はそう答えて、彼は本当にそのために、このパーティーを企画したのだと思い出した。

みんなが集まったのもそのためだ。この特別な時間を千春とユウの記憶に留めてもらうために、お祝いしたのだ。

そして、黒川がそれを望んだのは、彼自身が亡き妻との思い出を求めていたからだ。

「黒川さんも、ユウさんたちとの思い出、作れましたか？」

え、と黒川が声を上げて雪緒を見やった。

「いやあ、僕は……その、主役はユウ君たちで。お手紙までもらっちゃって、なんだか勿体ない話ですが……」

「そんなことないと思いますよ。黒川さんだって、いっぱい新しい思い出作ったらいいんです。大事な人たちであることに変わりはないでしょう」

このパーティーの出発点は、黒川の後悔と、お節介だ。

雪緒も、他のゲストたちも、それに乗っかって、準備を手伝わせてもらった。それぞれに事情がある中、ユウと千春にお節介のお返しをしようと集まったのだ。

結婚という形でなくたって、人と人の繋がりは奇跡的だ。

それを確かめられて、雪緒の心は満たされて、穏やかだった。

「千春さんたちの結婚記念日をこうしてみんなでお祝いさせてもらえて、すごく嬉しかったです。お世話になったから、少しでも何か一緒に喜ばせたいって思っていて、千春さんも、ユウさんも、みんな幸せそうで、本当に良かった」

「……うん、本当に」

じわじわとまた黒川の目が潤んでしまう。彼は慌ててハンカチで目元を押さえた。それでも堪えきれない様子で、彼はわっと思いを吐露した。

「良かったよぉ～、ユウ君たちに迷惑がられないか心配だったけど……何かうまくいかなくてめちゃくちゃな結果になるんじゃないかとか怖かったけど……本当に、みんなが協力してくれて……良かった。雪緒さんも、ありがとう」

黒川を見ていると、なんだか温かな気持ちが胸に溢れてきて、雪緒も涙ぐんでしまった。

「あっ、雪緒さん大丈夫？」

「いや、黒川さんの方が全然大丈夫じゃなさそうなので……」

滲む涙を拭いながら、雪緒はそう言って笑った。黒川はもうぼろぼろに泣いていて、濡れたハンカチの代わりにと、雪緒はティッシュを差し出した。

黒川はティッシュを顔に押しつけるようにして涙を拭い、照れたようにちょっと笑った。

「涙もろくなっちゃって……ティッシュありがとう」

「いっぱいあるので使ってください」

雪緒の言葉に黒川は笑った。

音楽が流れてゲストが退場していく。待っているゲストのために、スクリーンが下ろされて、今撮ったばかりの写真を使って作られた動画が流されている。

「結婚って……」

黒川はユウたちがいる方を見て、そう呟いた。

「結婚って、その後苦楽をともにするじゃないですか。楽しい時だけじゃなくて、苦しい時もある。そういう時に、思い出が心を支えることもあるかなって思うんです。だから僕は何かそういう思い出になるものをプレゼントしたかったんですよね」

涙ぐむ彼の目線は、もう少し遠いところを見ているのかもしれない。訥訥と彼は語った。

「ユウ君の面倒を見てきて、千春さんとのことも応援してきたけど、僕自身が、彼に救われてた面もあると思うんです。こんなふうに言うとおおげさですけどね。傷ついて自棄になっていた子が、誰かを好きになって、家族になりたいと思えるようになって……すごく嬉しかったなあ。だから、彼と千春さんのために、何かしたかったんです」

「みんな、きっとそうですよ」

「そうですよねえ」

人と人の、本当にただ出会っただけの人々の繋がりが、その人々を生かしている。

まだ少し泣き笑いの顔を上げて、雪緒は黒川に尋ねた。

「結婚しようと思った時って、何か、特別な感じ、するんでしょうか？」

「ええ？　ううん、そうですねえ……僕の場合ですけど、正直最初は結婚するなんて思ってなかったんですよねえ。妻とお付き合いしている時も、別にそんなことは考えてなくて、でもふとした時に、彼女と家族になりたいなあと思ったんです」

「ふとした時……」

「日常の、きっかけも忘れましたけど、なんとなく……ふっと。だから、特別だと思っていなかった相手が、いつの間にか自分の中で大きな存在になっていることって、あると思うんです。人生って、何が起こるかわからないですよ、悪い意味だけじゃなくてね」

悪い意味だけじゃなくて。

その言葉が、雪緒の心を少し軽くした。

「そうですね。ユウさんが事故を起こしてなかったら、黒川さんや熊野さんと親しくなっていたか、わからないですもんね」

「そうそう」

「黒川さん、よかったですね、ユウさんたちに出会えて」

雪緒は祝福の気持ちを込めてそう言った。祝福は、結婚する夫婦だけに与えられるものではないのだから。

黒川は少し驚いて、それから笑った。

「ええ、本当に！」

会場の客たちは減っていく。もう雪緒のテーブルのゲストたちも千春たちに挨拶している。

「そろそろ行きますね。黒川さんは、最後にするんですか？」

ユウたちと話をしたいから最後に残っているのかと思ったが、黒川はかぶりを振った。

「いえ、僕は残って片付けていきます。お店気に入ったら、また来てくださいね」

あっ……と雪緒は声が出た。やけに店が決まるのが早いと思ったらそういうことか。黒川はウェルカムドリンクを作ったりバーカウンターにいたりする時間も長く、発起人はそういう仕事もするんだっけ？　と雪緒も疑問に思っていたのだ。そもそも、以前からアルコールと香水の香りをさせていて、夜の街でのお仕事なのかなという気配はあった。くま弁に来る時間はこういうお店で働いているにしては早いが、ここはランチの時間も開いているらしいから、深夜は人に任せているのだろう。

「ここ、黒川さんの……」

「友人と共同経営してます」

黒川はそう言ってニッと笑った。


エレベーターを降りると、雪緒さんっ、と名前を呼ばれた。

先に出ていた若菜が待っていた。

彼女はビルの前に溜まっている数名のグループを指差した。

「あっちが二次会行く人たちだよ」

ゲストたちが楽しそうに盛り上がっているのを見て、雪緒は言った。

「私は帰らせてもらおうかな」

「アタシも。途中まで一緒に行こうよ」

「うん」

「楽しかったなあ。良いねえ、誰かの幸せを見るのって楽しい！」

「そうだねえ」

相槌を打って駅までゆっくり歩いていると、バッグの中でスマートフォンが震えているのに気付いた。

ちら、と見ると、owlからのメッセージの着信通知だった。

「結婚か……」

黒川との話を思い出してぽろりと漏らすと、若菜が食いついてきた。

「えっ、何～、そんな意識してる人とかいるの？」

「いや、いないけど……」

「あ、そう……」

「でも、千春さんたち見てたら、考えちゃったな」

「ああ～、幸せそうだもんね。雪緒さんは親御さんが結構うるさそう……あ、ごめん、なんかそういうイメージがあるな」

若菜は結構鋭い。そのイメージはほぼ正確だ。

「うーん、まあ、そうだねえ……実家にいたらもっとうるさかったろうなあ。でも、結婚以前に今相手の候補すらいないから」

候補……候補。

思い返せば、これまでの恋愛関係は好意を寄せられて付き合い始めるパターンばかりで、自分から誰かを好きになったことが……ない。

候補がいないのも当たり前だ。

雪緒は眉間に皺を作って考え込んでしまった。

そもそも、自分は誰かを能動的に好きになることができるのだろうか。友人としてではなく、人生の伴侶として。

そして、今の自分のままの人生より、そんな人がいた方がいい……のだろうか？

いや、別にそんなことはないと思う半面、千春とユウの関係はとても穏やかで、幸せそうだとも思う。特別に思っていない相手がある日ふとしたきっかけで特別な存在になったという黒川の言葉を思い出す。

もし、あんなふうな相手なら……互いに寄り添い、生きていける相手なら、出会ってみたい気持ちはある。これまで雪緒は自分の家族との関係で一杯一杯で、誰かと結婚したいとか、家族になりたいという思いは抱いたことがなかったのだが、千春とユウを見ていると、結婚とか家族という問題はさておいて、そういう相手がいたらどんなふうなのかなとは思うのだ。

「まあ、難しく考えない方がいいよ。意外と身近にいたりするかもよ」

「そういうものかなあ」

またスマートフォンが振動した。owl から二通目のメッセージだ。変なタイミングで届くなあと思う。こっちを向けと言われているようではあったが、雪緒はひとまず通信機器をバッグに入れたまま、若菜とのおしゃべりを楽しんだ。

歩きながら、そういえばこの街は七階のバーから見下ろしたあの明るい街そのものなのだということに気付いて、ふと視線を上げた。間近で見る街並みはなんということもないいつもの賑(にぎ)やかな繁華街で、とりわけ美しいと思うわけではない。

それでもあそこから見下ろした街並みは美しかったなと思い返し、自分が出てきたビルを振り返った。

　ところが、似たような細いビルが幾つも立ち並ぶせいで、出てきたビルがどれでどこが何階だかもわからなくなっており、一瞬雪緒はぎょっとして、それから笑ってしまった。

　またいつか、今度は誰かと一緒に行けるといいなと思った。

　それが人生の伴侶か大事な友人かはわからないし、どちらでも良い気がしたけれど。

・第三話・　誰そ彼時のフクロウ弁当

玄関ドアを開けた途端、じんわりと冷たい風が部屋に吹き込んできた。骨の髄まで凍り付くような真冬の冷たさでは勿論ないが、皮膚をさらっと撫でていく涼風とはまた違う。

湿って重く、剝き出しの肌にまとわりついて筋肉を侵食していくような、夏の夜風だ。

その空気の中に彼女が立っている。黒いエプロンにグレーのハンチングは豊水すきの駅を最寄り駅とするくま弁の制服だ。長く少し癖のある黒髪は一つに結んでいる。すらっとした長身で姿勢良く玄関前に立っていた彼女は、少し緊張した面持ちだったが、粕井を見て微笑んだ。出会った頃はまだぎこちなさが残っていた笑みも、最近では随分自然になった。それが粕井に対して打ち解けたからなのか、単に彼女が仕事に慣れたからなのかはわからないが。

「こんばんは、粕井さん。お待たせしてすみません」

「お仕事お疲れ様です。こちらこそ忙しい時間帯にすみません」

そう言ってから、この返しが適切だったのかどうか自信がなくなる。話が広がりにくいのでは、と不安になって、慌てて続けた。

「あ～、あの、この時間になると少し涼しいですね……」

「そうですねえ。昼間はじわあっと暑いんですが、やっぱり夜は気温が下がりますね。でも、夏の空気の匂いというか、そういうのも感じます」

彼女は——雪緒は夏の夜の印象をそう語ってくれた。

雪緒はくま弁の店員で、配達の仕事をしている。基本的に粕井は配達を利用せず会社帰りに店に立ち寄るのだが、今日は休日だったこともあり、配達を頼んでいた。

カツカレー弁当の会計を終え、雪緒から袋に入った弁当を受け取る。粕井は何か話を続けたいと思うものの話題を見つけられず、目の前のものを話題にした。

「カレー……くま弁のカレー、週替わりで色々あって面白いですよね」

くま弁の定番メニューであるカレー弁当は野菜と豚肉がごろごろ入った、あまり辛すぎない昔ながらのカレーライスだが、夏になるとメニューが増える。野菜と豆のカレー、バターチキンカレー、ナスと挽肉（ひきにく）のカレー等々。カツカレー弁当もそういう派生カレー弁当の一つで、平べったいが巨大なチキンカツがどんとカレーライスの上に載っている。野菜と果物の自然な甘みを活（い）かしたカレーをソースのようにカツとライスにまとわりつかせていただくのだ。からりと揚がったカツのざくざくの食感と、甘口ながらカルダモンが香るカレーの組み合わせが、夏を感じさせる弁当だ。

「夏はまかないもカレーが多いんですよ。今日もカレーだったので、一緒ですね」

雪緒はそう言ってちょっと微笑んだ。今の微笑みは純粋に彼女の素が出ている感じがして好ましかった。

「そっ……そうですね」

照れてしまって、粕井の返答は僅（わず）かに上擦ったが、雪緒がそれに気付いたかどうかはわからない。

「あ、すみません、話し込んじゃって。失礼しますね」

「えっ、いや、私がお引き留めしたようなものだったので……」

「こちらこそ。あの……」

「ご注文ありがとうございました。またお願いします」

呼び止めると、雪緒はその切れ長の目をすいと上げて粕井を見た。背はあまり変わらず、その視線は思いのほか近いところでぶつかってしまい、粕井は一瞬息を止める。

「どうかしましたか？」

優しい声音だったが、看護師に病棟で声をかけられた時のことを思い出し、突然現実に引き戻された。あくまで自分と雪緒は客と店員だということを意識してしまった。

「お疲れ様です。頑張ってください」

言おうとしたのは違うことだったのだが、それしか出て来なかった。

「ありがとうございます！」

雪緒は自然な笑顔を見せて、さっといなくなってしまった。

雪緒の姿がエレベーターに消えるまで見送ると、粕井は溜息を吐いて、ふと袋の中を覗き込んだ。弁当の上に二つ折りの和紙が置いてある。開いて見ると、お品書きとある。

雪緒の字だ。見たことがあるからわかる。以前届けてもらったおにぎりについていた手書きシールも、同じ字で書かれていた。

配達だとお品書きがあるのだ。

カツカレー弁当に使われている鶏肉やお米について書かれている他、日替わりサラダの解説が嬉しい。何しろサラダになって出てくると、その野菜が使われていることにも気付かずぼんやり食べてしまうことも多いので。今回だって水菜と書かれていなければ、ぱりぱりの食感のそれをあまり意識せずに飲み込んでいたかもしれない。

そして、最後に添えられた文章を見た粕井は、それを一文字ずつ目で追った。

——昨日は豊平川の花火大会でしたね。道が混むので配達はお休みでしたが、お店にいても音が聞こえました。粕井さんのおうちではいかがでしたか？　短い夏ですが、楽しんでくださいね。

花火大会、と思わず口に出して呟く。

誘えばよかったかなと考えたが、いや、客にいきなりそんな誘いを受けたら怖いだろう……とすぐに思い直した。そもそも、花火大会に誘うという行為自体、どうだろうか。高校生じみているし、花火のために長い距離を歩いたり人混みに出たりすることを無駄だと感じる人間もいる。花火自体は嫌いではないが、どちらかというと粕井もその手の思考回路の持ち主だ。

粕井にとっての雪緒は、もう少し話せたらいいなと思う相手だ。好きだとかなんだとかそういう話ではない。ないが……。

そこではたと自分の手にする弁当が二人前であることを思い出した。普段一折しか弁当を買わない人間が突然二折の弁当とサラダの大パックを頼んだらどう思われるだろうかと考え、粕井は落ち着かなくなった。

親戚（しんせき）が来たんですとか何とか言えばよかったかなと思い、しかしそんなことわざわざ表明するのはわざとらしくないかという気もする。

うんうん唸（うな）っていると、視線を感じた。

だが、振り返ってみても、こちらを見ていたとおぼしき相手はもうリビングの奥に引っ込んで、十五センチ開いたドアの隙間からは、誰の目も覗いてはいなかった。

『今度会おうよ！』

雪緒は違和感を覚え、一瞬動きを止めた。

ＳＮＳを通じて知り合ったOWLからのメッセージだ。

いきなりそんなメッセージが送られてきて、雪緒は真意を測りかねてしまった。

「え〜と……」

最近少しフランクな物言いをすることがあるなとは感じていたし、中でも今日はノリが軽いな～とは思っていたが、こんな距離感のメッセージは初めてのことだ。

酔っ払ってでもいるのだろうか。

ＳＮＳ、ソーシャルネットワーキングサービスは登録した会員同士の交流を促進させるべく色々な手法を取っている。ダイレクトメッセージやメッセンジャーなどサービスによって名称は様々だが、要するにアカウントさえ知っていればメッセージを送り合える。

雪緒は友人との交流の他はそれほどＳＮＳを活用していたわけでもないが、ここ半年くらいは結構親しくこの owl とメッセージをやりとりしている。ＳＮＳで知り合ってこんなにやりとりしているのは owl くらいだ。

結っていない髪をかき上げ考える。以前はストレートパーマをかけていたが、今はそれも取れて、本来の癖が出ていた。

天を仰ぐと、自宅リビングの窓辺に吊したエアプランツの鉢が目に入った。株分けして次々増やした緑は、窓からの陽光を浴びてすくすく育っている。

今は昼間だ。時刻は午後二時。くま弁は定休日だが、平日だ。

平日の昼間……とはいえ、相手が昼から酒を飲んでおり、酔いのためにいつもと違う文章を送ってしまった可能性はある。後から悔いて謝罪のメッセージでも来るかもしれない。いや、そもそも、誰か他の人と間違って送っているのかもしれない。

まあ、今日はこのまま放置して、明日の朝になってもowlの雰囲気が変わっていなかったら、また改めて返信を考えよう。

「よし、布団取り込もう」

自分の尻を叩くため声に出して雪緒は言い、立ち上がった。そこでまた音が聞こえて、ちゃぶ台に置いたスマートフォンがメッセージの着信を知らせる。通知がホーム画面に来ていたので、アプリを開く前からメッセージは読めた。立て続けに三通来ている。

『実は相談に乗って欲しいことがあって』

『もうすぐ行きつけの店が夏休みで』

『その間ごはん何食べたらいいと思う?』

そんな話題をowlから振られたことはない。車の話をしてばかりの間柄で……プライベートのことを率直に相談されたことはない。しかも、食事の相談なんて。

混乱して、雪緒はアプリを開いてしまった。そこへまたメッセージが届く。

『困ってる』

わざとらしい泣き顔の顔文字付きで送られてきた。そもそもowlはほとんど顔文字なんて使っていない。なんなんだ。いや……酔っているのか、そう、たぶん、酔っているのだろう……昼間だけど酔っ払いたくなることの一つや二つあるだろう、人間なら。

owlと会ってみたいかどうかで言えば、実は会ってみたい気持ちも半分くらいはある。話していて距離感がちょうど良く、実際に顔を合わせたらどんな話ができるのかなと思ったことはあるのだ。

だから、もし、もう少し真面目な誘いだったら、迷ったかもしれない。

「まあ、でも、会うも何も道内に住んでるってことしか知らないしな……」

だが、続けて届いた新たなowlからのメッセージに、雪緒は大げさな表現ではなく、ひっと息を吞んだ。

『くま弁が夏休みの間、食べるところがない！　配達してほしー』

は？

くま弁？

配達……？

雪緒はowlの住所も仕事も本名も知らない。それはあちらだって同じだ。雪緒のSNSでのアカウント名である「まーさん」くらいしか知らないはずだ。お互いに北海道在住であることはプロフィールで知っているが、その他の情報、たとえば仕事どころか本名さえ知らない。

偶然の一致というには不気味過ぎて、雪緒は突然怖くなった。

いや、偶然の一致なら、わざわざここで具体的な店名を挙げる理由がわからない。owlは、自分が雪緒の職場を知っているぞ、ということを主張せんがためにこのメッセージを送ってきたのではないだろうか。

どうしてそんなことを？　酔って判断力がなくなったのか？　どうやって職場を知っ

たのだろうか？

少し考えて雪緒は自分のアカウントの投稿を確認した。勿論、職場や居住地について触れるような投稿はしていないが、写真は何枚か投稿している……そこからかと疑ったが、どの写真も具体的な特定の手がかりになりそうなものは……ない、と思う。撮影場所などのデータもアップロード時に消している。

いや、待てよ……雪緒は今度は owl とのこれまでのやりとりを遡って確認した。この一週間ほど、彼から送られてきたメッセージの中に、今回ほどではないにしろ軽いノリのものが散見される。これまでと口調が違うだけではなく、たとえ酔っていたとしても、owl はこういうメッセージは送らないのでは……という気がする文面だ。

本来の owl はもっと落ち着いていて、控え目な人だ。

今の owl は若すぎる……そう、まるで子どもみたいな文章だ。

突然雪緒は閃いて、『誰？』と返信した。

五分以上も経ってから、ぽんと着信を知らせる通知が来た。

『俺が誰だかあててみてよ』

その新しいメッセージをまじまじと見る。

恐怖を押しのけて、新しい感情が雪緒の中から顔を出した。

それが、一昨日のことだ。

「もっと早く言ってよ！」

千春はほとんど怒っているようにも見えた。

雪緒はそんなふうに言われるとは思わなかったので、びっくりしてしまった。それでも口の中に入っているカレーを味わう。今日のまかないは、熊野が作っておいてくれた夏野菜カレーだ。お店に出すカレーよりちょっとスパイシーで、安価な鶏挽肉（とりひきにく）を使ったキーマカレーに素揚げした野菜がトッピングされている。揚げた南瓜（カボチャ）はほくほく甘く、ししとうは辛味と苦みが爽（さわ）やかだ。熊野さんのカレーもすごく美味（おい）しいな……と思いながら飲み込んで、水を一口飲み、やっと口を開いた。

「すみません」

「めちゃくちゃカレー堪能（たんのう）してる……」

「あっ……はい。美味しいですね……いえ、あの、すみません。私は、これは本来のowl さんじゃなくて、owl さんのアカウントを乗っ取った別の人が owl さんになりすましているんじゃないかって思って」

アカウント乗っ取りというのがどれほど実際にあることなのかはわからない。世の中には、酔って変な投稿をしてしまったことをアカウントが乗っ取られたからだと主張してごまかそうとする人間もいるので。

だが、今回の件を引き起こした人間は、本当にこれまでの owl とは別人なのではないかと雪緒は思うのだ。

「もしなりすましだとしたら本物の方のowlさんに乗っ取られてますよって連絡しないとまずいじゃないですか。でも、私owlさんのメアドも電話番号も知らなくて、SNSのアカウントしか知らないんです。SNSのメッセージ機能使ってたから、他に連絡手段がないんですね。それで、昨夜念のためメッセージを送ってみたんですけど、結局返信はなくて」

「う〜ん、じゃあ、なりすましじゃなくて、そのowlさんって人が普段は雪緒さんを騙していて、酔っ払ったか何かして、本性が出たのかもよ」

「それならこちらに話を合わせればいいのに、反応がないので、そうじゃないのかなとも思うんです」

「……なるほど」

もしあの奇妙な一連のメッセージが酔っ払った本物のowlが送ったものだとしたら、こちらのなりすまし疑惑に乗っかって、自分は乗っ取られた被害者なのだと主張してくることだろう。

しかしそうではなかった。

「あれはowlさんじゃないって私は思うんです。誰かがowlさんになりすまして、私をからかっているんだって。だから、誰かあててみて、なんて言ってきたんです」

雪緒はキーマカレーとターメリックライスをスプーンですくいながら微笑んだ。

「だから、あててやろうと思うんですよね」

雪緒がそう言うのを、千春はぎょっとした顔で見やった。

「そんなのに付き合うの？」

すくったカレーを食べて、雪緒は答える。

「そこそこ数は絞られますよ。くま弁のことを知っているのは確かです。それに、私がくま弁で働いているって気付いているから、くま弁の話題を出したんですよね。それなら、もしかしたら配達したことのあるお客さんかもしれないって思うんです」

「あっ、確かに……」

相槌を打ってから、千春はその顔をますます歪めた。つまり、雪緒は今後もそのなりすましがいるかもしれない場所へ弁当を配達しなければならないのだ。

「これ、通報した方がいいんじゃない？　何か、脅されたりとか、そういうのはないの？」

「それはないです」

明確に命を脅かすようなことでも書かれていれば雪緒も迷わず警察に相談していただろうが、相手は雪緒の仕事先を知っていることをひけらかしているだけだ。

話す合間にもカレーは食べている。お店で出すものより少し辛いが、辛いのが苦手だという千春も食べられる程度だし、千春が作ってくれたラッシーを飲むと辛さが和らぐ。

水菜のサラダとラタトゥイユが小鉢で添えられ、こちらも夏らしく美味しい。ラタトゥイユはユウの作り置きで、冷蔵庫できんと冷やされていた。

とろけるようなナスの食感とオレガノとニンニクの香りを満喫してから、雪緒は話を続ける。

「ただ、私はこれは子どもじゃないかなと思うんです」

「ええ……？　それは……言葉とかが子どもっぽいから？」

「それもそうですが、他にも……あのですね、実は一昨日以前からも、時々雰囲気の違うメッセージが交じっていて、あれっと思っていたんです」

「ん⁉　もっと前から、なりすましていたってこと？」

「そうかもしれないと思うんです」

「でも、元からの owl さんらしいメッセージもあった、と」

「はい。いつも owl さんとはSNSのメッセージ機能を使っているんですが、たぶん変なやりとりは偽物が削除しちゃってて、owl さんも気づけていないんじゃないかなって思うんですね」

「ああ～、なるほどね……そっか、警告文も本物の owl さんが見ている時に送らないと、偽物に先に見つかったら削除されちゃうんだ」

「それで、その一連の owl さんっぽくないメッセージなんですけど、調べたら、平日の昼間に送られてくるんです。……一週間くらい前から」

「一週間……」

何か思いついた様子で、千春は首を捻(ひね)って背後の壁にかかるカレンダーを確認した。

今は七月の末、一週間前というと、ちょうど学校の夏休みが始まった頃だ。

「一週間前から始まって、平日の昼間にばかり連絡が来る……というところから、雪緒さんは相手を夏休み中の子どもじゃないかって考えているわけだ」

「はい……内容もちょっと幼いというか……無邪気に距離が近いというか……。ここまであからさまだったのは一昨日が初めてですけど。相手が子どもなら、誰か知らない人のアカウントを盗んだというよりは、身近な、知っている人のパソコンやタブレットなどを使って、勝手にアカウントを使ってなりすましているのかもって思うんです。それで、千春さんに訊きたいことがありまして」

千春は雪緒の方に身を乗り出した。すでにカレーは食べ終え、小鉢も空だ。

「なんでも訊いて！」

「くま弁で、お子さんをお持ちのお客様、特に毎日のように来店される方はいらっしゃいますか？　その方のご家族か、ご家族のご友人か……関わりのある方の可能性があるんじゃないかと」

千春は考え込む様子だったが、しばらくして、難しい顔で話し始めた。

「毎日のよう……というと、かなり限られるんだよね。それこそ、結婚前の私が週に五日通ってて」

「週に五日」

思わず雪緒はオウム返しに繰り返した。確かに雪緒も『毎日のように』とは言ったが、週に一度定休日があることを考えると、六日中五日ということではないか。

「そんなに通っていたんですね……」

「ま、まあ……あ、でも、うちが休みだと何食べたらいいか困るっていうのは、そのowlさんのなりすましが言っていたことで、本当じゃないかもしれないんだよね？」

「そうですね、だから、もしなりすましの発言が真実だとしたら、と仮定してのことになりますね」

「そうだよねえ、でも他に手がかりないもんね……それで、お子さんって、何歳くらいかな？」

「学校の夏休み中で暇潰しをしているのなら、小中学生くらいでしょうか。漢字とかにはほとんど不自由なさそうなので、小学校高学年か中学生くらいかなと思います。高校生という可能性もありますが」

食べ終わった雪緒と千春は手早く食器を重ねて、一緒にミニキッチンに運ぶ。

食器を二人で洗ったり拭いたりしながら、話を続ける。温水を出して洗っていると暑くて汗ばんでくるが、二人分なら食器もたいした量ではない。

「うう〜ん、うちはちょっと年配の方が多い店だから、そのくらいのお子さんがいる方で、そこまでの常連さんは……しかも、雪緒さんを知っている人なんだよね？」

「たぶん……少なくとも、一回は配達しているんじゃないかと思います」

皿を拭く雪緒の考え込む様子に気付いて、千春が心配そうに顔を見上げてきた。

「大丈夫？　不安だよね。あの……配達お休みする？　もしそれが可能なら、雪緒さんに厨房とかレジをお願いして、私が配達に回るとかでもいいし、なんならしばらく配達お休みしてもいいし」

「えっ、そこまでしなくていいです、本当に！　私は大丈夫です。そうじゃなくて、あの、私のことでお客様を疑うようなことになって、改めて申し訳ないというか」

「ああ！　そっち？　いや、決めつけたりするのはよくないけど、実際、雪緒さんが怖い思いしてるわけだし……」

その時、ユウがカレーを載せたお盆を持って休憩室に入ってきた。切りの良いところまで作業をするからと、少し休憩の時間が遅くなったのだ。

「あ、ユウさんお疲れ様。今話してたんだけど……」

と言って、千春は雪緒が話した内容をそのままユウに伝えた。ユウは話を聞きながらどんどん厳しい顔になってしまった。

「……それは、怖い思いをしたね」

ユウは、まず最初にそう声をかけてくれた。

千春と雪緒がユウと同じちゃぶ台を囲んで座ると、彼は幾つか雪緒に質問した。

「どうして雪緒さんのことが相手に知られたか、心当たりはある？」

「それが、何もなくて。SNSには写真もアップしてますが、住所がわかりそうなものもないし……でも、何かあるかもしれませんね。もう一度見てみます」

「それと、その本物の方の owl さんとは連絡取れた？」

「いえ、まだです、ちょっと方法を考えてみます」

「じゃあ、まずその本物の owl さんに連絡して、なりすましがいると伝えて、パスワードを変えるなり、対策を取ってもらおう。もしかしたら owl さんはなりすましの犯人に心当たりがあるかもしれないし、とにかく owl さんと直接話したいよね」

「そうですね……」

こうなってみると、相手の電話番号も知らないというのは不便だ。もしSNSのアカウントが凍結されたり今回のように誰かに乗っ取られたりしたら、連絡の取りようがなくなってしまう。

「それで、雪緒さんは心当たりないかな、その owl さんの方には」

「えっ、owl さんの方に……ですか」

「今の予想だと、なりすましは owl さんに近しい人なんだよね。それなら、雪緒さんが届けているお客さんの中に owl さんがいるかもしれない。勿論(もちろん)、owl さん自身が注文しているんじゃなくて他の家族が注文しているのかもしれないし、全然関係ない人が注文したのをたまたまなりすましが見ただけで、owl さんはうちの弁当を買ったことも食べたこともないかもしれないけど」

「そう……いえば、そうですね。そっか、owl さんかあ……」

雪緒は努めて owl の個人的なエピソードを思い出そうとしてみた。

owl はおそらく男性……というのは、写真に手が写っているのを見たことがあって、それが男性の手だったからだ。結構綺麗な手をしていた。指が長くて、そう、それから、たぶんまだ若い。話に聞く入社時期から考えて、雪緒と同年代だろうと当たりを付けている。トイカーを集めるのが趣味で……ミニのオーナーではないが、身内が以前乗っていたので詳しいようだ。

くま弁の客は比較的年齢層が高めだが、雪緒がぱっと思いつくだけで、若い男性の常連客も複数いる。

その中で、さらに owl の発言と合致しそうな人はいるだろうか。

owl の断片を探して、メッセージのやりとりを遡る。

「owl さんは……少し、皮肉っぽい言い方をすることもあるんですが、いつも丁寧で……話していて落ち着くというか、気遣いができる人……というイメージです」

owl は、SNSの投稿などで雪緒が遠出をすると知ると、メッセージを送ってきて、『運転気を付けてください』などと言ってくれる。

雪緒がそう言われて嬉しかったことを、きっと向こうは気付いていないだろうが。

話しながら、雪緒は一つの顔を思い浮かべていた。仕事で知り合い、顔を合わせれば言葉を交わすようになった若い男性。

……いや、と雪緒は内心で首を振る。

なんとなく思い浮かんだだけだ。特に確証があるわけではない。

ただ、言葉の選び方が少し重なる感じがしたのだ……。

雪緒が悩む間、ユウはカレーを一口食べて、ニコニコしている。美味しかったのだろう。千春がテーブルにそっと作りたてのラッシーを置いてくれる。ユウは礼を言ってそれで喉を潤し、また新たな質問を投げかけてきた。

「雪緒さんに心当たりがなくても、やっぱり投稿とかから雪緒さんとくま弁の関係を知ったんだと思う。逆に、そのなりすましの人や owl さんは、気付かないうちに個人を特定できることを漏らしていないかな？」

雪緒は念のため、もう一度 owl とのメッセージのやりとりを遡った。

「……やっぱり、くま弁が夏休みになることを嘆いた他は、個人情報らしいものは……後は、食べたものの話とか」

雪緒は自分の言葉にハッとした。食べたものの話——そういえば、確かに一週間ほど前のメッセージで、何を食べたという話をしていた。時間帯は平日の昼間、おそらくなりすましの方のメッセージだ。その時はなりすましのことなんて考えていなかったから、食べたものの話なんて珍しいなと思っただけだった。

メッセージを遡って、一週間前の日付に辿り着く。

三つのメッセージが、続けて届いていた。

『昨日の夜食べたカツカレー、美味かった』

『今日は何食べよ』

『コロッケか天丼かな』

雪緒はその時はあまり違和感を覚えず、返信していた。

『揚げ物お好きなんですか？』

『毎日揚げ物でもいいよ』

なんてことない会話だが、カツカレーもコロッケも天丼も、ここ最近のくま弁のメニューにあるものばかりだ。

「これ、もしかして、なりすましの人からの最初のメッセージ？」

雪緒のスマートフォンを覗き込んだユウがそう尋ねてきた。雪緒は少しメッセージの履歴を遡ってから頷いた。

「そうですね。このカツカレーの話題が一連のメッセージの始まりだと思います」

「……うちの一週間前のメニュー、調べてみようか」

ユウがそう言い、千春がノートパソコンを持ってきた。くま弁のメニューは日替わりのものも多いから、毎回パソコンで作っているのだ。

一週間前の記録を引っ張り出すと、確かにチキンカツカレーがメニューに載っている。コロッケ弁当や天丼弁当は翌日のメニューにある。

「これ、少なくともカツカレーは配達だったんじゃないかな？」

メニューをじっと見つめながら、ユウが言った。

「雪緒さんがカツカレーを配達した家に子どもがいて、その子は雪緒さんと雪緒さんのアカウントをどうしてか繋げることができた。直接話をしたいと思ったので、なりすましを始めた……雪緒さんにかけた第一声がカツカレーの話だったのは、雪緒さんが自分に勘づいていないか確認するためでは？」

「あ……なるほど！」

そういう可能性もあるという話だが、確かになりすましの第一声がカツカレーの話題なのは、そういうことかもしれない。

「じゃあ、カツカレーを注文して、配達を頼んだ人がいるはずですよね」

「データありますよ！」

そう言ったのは千春だ。すぐに一週間前の記録を見せてくれる。

カツカレーはこの日の人気メニューで、雪緒は何軒か配達していた。そのうち、複数の弁当を配達したのは三軒。

「こちらはご高齢のご夫婦でした。下のは猪笹さんとこで、一番遅い時間が……あ」

雪緒は眉を顰めた。

二十一時半に注文を受けて配達しているのだが、届け先に粕井とある。

実のところ、それは、若い男性の常連という絞り込みの中で、真っ先に雪緒の頭に浮かんだ人物だった。

だが、おかしい。彼は一人暮らしのはずだ。

千春が覗き込んで呟いた。

「粕井さんだ。この日、二つ注文受けたんだっけ」

普段の粕井は一人暮らしで、当然弁当も一つだし、配達よりも自分で買いに来ることが多い……いや、そういえば、確かにこの日は二折届けたかもしれない。それにサラダも。

「ああ、そういえば粕井さん、最近はお店に来た時もお弁当二つ買っていくよ。急に同居人が増えたって言ってた。お友達でも転がり込んできたみたいな言い方だったけど……」

「それ、それじゃないですか？」

千春の言葉に、雪緒は食いついて言った。突然増えた弁当と『同居人』……夏休みで、誰か遊びに来たのかもしれない。

千春はさらに翌日の記録を確認して、ディスプレイを指差した。

「天丼だ！　次の日は天丼頼んでるよ。天丼と鮭海苔弁当」

なりすましは、天丼とコロッケで悩んでいた。

雪緒はすぐに自分のスマートフォンを取り出して、連絡帳にある粕井のページを開いた。そこを一呼吸の間じっと見つめ、それから電話をかけた。

それを見て、千春が意外そうに言った。

「あれ？　連絡先知ってたの？」

「千春さんたちの結婚記念パーティーにお誘いしたら、粕井さんその日は他の結婚式と重なっていて行けなかったんですけど、話の流れで連絡先を交換することになったんです」

千春と話すうちに粕井が電話に出た。雪緒はなんと話すべきか頭の中で組み立てながら、くま弁の久万雪緒です、と名乗った。

「突然すみません。実は、お話がありまして」

『はい、なんでしょうか』

結局、順序立てて話そうにもかなり長くなりそうだし、粕井がまったくの無関係であった時に気まずいため、ざっくりと本題に入ることにした。

「あの……粕井さんのおうちに、夏休み中のお子さんが遊びに来てたりしませんか？」

『えっ？　ああ、中学生の甥が……』

そう答えた粕井は、その直後、明らかに狼狽した声を出した。

『まさか、あいつ何かしましたか？　お店にご迷惑を？』

「あっ……店じゃないんですが」

『じゃあ、雪緒さんに⁉』

「その、たいしたことでは……」

いや、本当に粕井の甥がやったことなら、粕井としてはなかなかの大問題になるのだろうが、雪緒は思わずそう言ってしまった。

「違うかもしれないんですが、一つだけ確認させてほしいんです」

『なんでしょうか？』

雪緒は、ちら、と自分のスマートフォンの画面を見た。そこには通話相手の名前が書かれている。しばらく前に連絡先を交換して、初めて彼のフルネームを知った。粕井福朗。カスイフクロウ。

夏休み中の小中学生なら、他人のアカウントを乗っ取ってなりすますというよりは、身内のアカウントを勝手に使っているという方が、やはりあり得そうに思える。

「……owlというアカウントをご存じでしょうか？」

しばらく粕井は沈黙した。

『それは、私の……SNSのアカウント名ですが』

粕井の声には、先程とはまた違う張り詰めたような響きがある。雪緒相手に警戒しているのだ、とわかる。

なんとも言いがたい感情が雪緒の胸にこみ上げた。

そうか、この人がowlさんなのか。

実在したのか、と思う。

……いや、勿論実在するに決まっているのだが、顔も本名も知らない相手だから、なんとなくあやふやな感じがして、自分の中でうまくイメージできていなかったのだ。

雪緒は、どういうふうに言えばいいのか一瞬悩んだが、ありのままを口にした。

「あの……私、『まーさん』です……」

『ま……』

粕井がすっと息を呑むのがわかった。

『まーさんってあのまーさんですか⁉　ミニのオーナーの……』

「それです……」

電話の向こうで粕井は絶句している。雪緒はなんともいえない羞恥心に襲われた。顔を上げると、千春とユウが少し心配そうな顔をしている。大丈夫、ということを示すために、雪緒は一つ頷いて、ここ一週間の状況を粕井に——本物の方の owl に説明した。

粕井の家に泊まっている甥は、直武といった。

中学一年生だという直武は、年の割に背が高く、ぴんと背筋を伸ばして神妙な顔で正座していた。

その隣に座る粕井が、申し訳なさそうに色々と説明してくれた。

「姉の子なんですが、姉が入院していて……あ、たいしたことはないんですが、一応手術を受けて、経過を見て退院ということで。こいつはその間、二週間の予定で、うちに泊まっているんです」

粕井は時間を作って店に来てくれた。昨日帰宅後に甥の直武を問い詰めた彼は、白状した直武を連れて、翌日店に謝罪に来てくれたのだ。

粕井と話すため、雪緒は少し早めに店に来た。話し合いの間、そばにいようかとユウも千春も言ってくれたのだが、何しろ粕井とはSNS上の知り合いでもあり……なんとなく、彼もあまり多くの人間に知られたくはないだろうと、ひとまず場所だけ借りることにした。

「昼間、私の不在中に、家にあるタブレットをいじって、私のアカウントを勝手に使っていたんです。スマホへの通知も切っていたので、こちらからは気付かなくて」

本当に申し訳ありません、と言って粕井は頭を下げた。事情を聞いてから何度目かわからない。直武も一緒に頭を下げている。

「すみませんでした」

雪緒は謝る直武をまじまじと見た。日焼けした顔はあどけなさが残る。こうして謝っている姿は真面目そうに見えるが、なりすましている時はいかにも軽そうな態度だったなと思い出す。

「直武君は……どうして、こういうことをしたの？」

「あの」

直武は咳払い（せきばら）をして続けた。

「部活が先輩の不祥事で活動停止になったんです。それで、昼間、暇で……タブレットをいじっていたら、つい……」

「つい、じゃないだろう。ちゃんと反省しているのか？」

「あの……」

直武はちらっと雪緒を見やって続けた。

「これ、学校には……」

「おま……おまえ、そんなこと気にしてる場合じゃないだろう！」

荒らげることの少なそうな粕井の声が、大きくなっている。

「でも、学校にばれたらバド部に迷惑かけるかもしれないから……」

「そう思うならこんなことするな！　雪緒さんを怖がらせてたんだぞ！」

そう言われて、直武はおとなしく口を噤んだ。さすがに罪悪感はあるらしい。

「顔も知らない相手におまえの仕事を知ってるって言われて、その後仕事で配達に行く時どう感じると思っているんだ。自分の部活の心配できるなら、チャット相手の気持ちも少しは考えろ！」

粕井は熱心に諭してくれているが、雪緒は実際問題どうしてこんなことになったのか気になっていた。

「あと、私がまーさんだってわかった経緯を教えて欲しいんだけど……」

「それは……」

直武は粕井を見やって、粕井から件のタブレットを借りた。

ＳＮＳのアプリを起動して、雪緒に見せる。

「この写真。まーさんと繋がってる人がアップしてて。俺、本当に暇だったから、色々見てて、配達あった日に、配達の人、どこかで見たような気がするなって思ってて……」

雪緒はタブレットを受け取って写真を見た。それは確かに同じくSNSをやっている雪緒の友人が投稿した写真だった。『まーさんとドライブ！』というキャプションがついて、高めの位置でポニーテールにした雪緒の横顔が車体とともに映っている。さすがにナンバーが見えるような撮り方ではないが、雪緒の顔はサングラスをしているせいか隠しもせずそのままだ。

「お……おお……」

雪緒の喉から声が漏れた。たかだかサングラスだ。見る者が見れば、はっきり雪緒とわかるだろう。気にも留めていなかったが、ここから『まーさん』の顔を知った直武は、『まーさん』と配達に来た雪緒を結びつけたのだ。

雪緒の方は直武に見覚えはないが、言われてみれば粕井宅に配達した時、奥に人の気配は感じたのだ。あの時見られていたのだろう。

写真、消しておいてもらおう、と雪緒は考えた。

「粕井さんの方は、私だって気付いてなかったんですよね……？」

念のため雪緒がそう尋ねると、粕井は誤解を避けたいのか、真剣な顔で頷いた。

「勿論です。私は、そもそも……あの、まーさんを男性だと思っていたくらいなので……」

そういえば、アカウントのプロフィールには一切性別のことは書いていない。特に性別がわかるような写真も投稿していない。

「ああ～、なるほど……じゃあ、最初にSNSで粕井さんが私に声をかけてくれたのは、偶然だったんですね」

「はい！」

粕井は腰を浮かして、いつになく力強く肯定した。それから自分の声の大きさと前のめり気味の態度に気付いて、気まずそうな顔をして静かに座り直した。

「とにかく、今回は私がアカウント管理をできず、甥の監督も行き届かず、ご迷惑をおかけしてしまいました。本当に申し訳ございません」

「あ、いえ、粕井さんに謝っていただくことでは……」

「いいえ、姉は入院中ですから、私がきちんと面倒を見なければならなかったんです」

「はあ……」

粕井は恐縮している。彼の立場なら自分も同じように申し訳なくていたたまれない気持ちになりそうだが、普段一人暮らしの彼がタブレットにわざわざパスコードを設定していないのはありそうな話だし、昼間の中学生の行動すべてを見張れるわけでもないだろう。ましてや、彼は親ではないのだ。

むしろこの状況に追い込まれた粕井に、雪緒は同情に近い気持ちを抱いていた。粕井だって、こんな形で自分たちがSNS上の知り合いだなんて知りたくはなかっただろう……。

雪緒も、仕方ないとはいえそもそも男だと思われていたと知ってショックだった。少しとはいえ意識してしまっていた自分がバカみたいだ。

いや、この辺りの自分の感情は粕井にはまったく関係ないことだ。粕井に言うべき文句はない。学校に通報するつもりもない。

直武は暇だと言っているのなら、何かやるべきことがあればいいんじゃないだろうか。

「……あ」

雪緒は一つ思いついて、直武の方に顔を向けた。

「あの、直武君」

「はい……」

「相談、あるんだよね？」

「はあ？」

直武が聞き返した。反抗期っぽい、あからさまに訝しげな表情は、これまでのしおらしい態度は猫を被っていたな……ということを感じさせる。おい、と粕井に制されて、直武は表情を取り繕った。

「なんですか」

「だってそう言ってたよ。相談があるって。ほら、会おうよって私誘われたでしょう。その時、くま弁が夏休みの間食べるものがないって困ってた」

自分ではすっかり言ったことを忘れていたのだろう、決まり悪そうな顔をして、身じろぎする。

「あ……」

「言いましたけど……」

「それ、相談に乗るよ。暇なんでしょう？　自分で作るのはどう？」

「作れないです」

直武は即答した。あまりに考えたり悩んだりしないので、雪緒は呆気にとられた。

「学校で家庭科あるでしょう」

「あるけど……」

「自信ないなら、料理教室あるよ」

「え？」

直武は迷惑そうな顔だ。直武っ、と粕井がまた注意している。

「ちょっと待ってて」

雪緒はそう言って休憩室を出て、階段の下から二階に声をかけたが返事はない。外かな、と思って裏口から出ると、すぐに庭木の手入れをしている熊野を見つけた。

「熊野さん、ちょっといいですか？」

「おう、今行くよ」

熊野は外の水栓で手を洗うと、すぐにきてくれた。

休憩室に戻りながら、ざっと事情を話す。

雪緒がネットでトラブルに遭ったという話はあらかじめしていたため、熊野はすぐに理解してくれた。

「ああ、その子が例の……で、料理を教えろって？」

「はい。どうですかね？」

「どうってねえ……」

熊野は話しながら襖を開けた。だらけた格好で待っていた直武が、粕井に注意されていた。熊野がそれを見て、腹から声を発して直武を叱り飛ばした。

「それが謝罪に来た人間の態度か！」

直武はびくっと震えて姿勢を正すと、目をきょろきょろと動かし、熊野を見上げた。

「あの……すみません……」

「俺に謝れって言ってんじゃないんだよ。相手を見て態度を変えるようなこと、その歳でやってどうするんだ。おまえさんは誰に謝りに来たんだよ」

呆れた様子の熊野は、直武の向かいにどっかりと腰を下ろした。

「料理教室通いたいって？」

「いや……あの……俺はそういうことは言ってないです……」

「週に二回、文化教室でやってるよ。まあ、でも、暇だっていうなら俺が短期集中で教えてやってもいいぞ」

「お、お金とかないですが……」

「金は取らねえよ。一日一回、俺と一緒に夕食を作るのでどうだ。うちの店の夏休みまでには、自分で作れるように教えてやる。別に強制じゃねえが、夏休みに食うものないって嘆いていたんだろう？」

話が怒濤の勢いで決まっていくことに、直武は唖然としている。雪緒は粕井を見やった。粕井は驚いているが、雪緒の視線に気付いて、目を合わせて頷いた。しばらく黙り込んでから、直武は周囲が自分の答えを待っていることに気付いて、しどろもどろで答えた。

「あの……じゃあ、お願いします」

「おいおい、強制じゃないからな。大丈夫か？　やる気がないなら、別にこっちは無理にとは言わないぞ」

「……うん、でも、確かに……」

直武は、短く切った頭を掻いて言った。

「美味いもの作れたら、いいかなとは思います……」

「よし、じゃあ決まりだな。明日から来い。うちは夕食早いから、三時には来いよ」

はい、と直武は答え、雪緒を見て、なんとも言えない顔をした。余計なことをしたと雪緒を責めているわけではないが、申し訳なさそうな顔でもない。素直になれない、ちょっと斜に構えたような態度だった。

そんな彼に、雪緒は笑いかけた。

「君が誰かあてて、相談にも乗ったよ、直武君」

そう言われて、直武もさすがにぎょっとした様子だった。

「陰湿……」

ぼそりと呟く直武を、粕井がまたきつく注意していた。

❄

ん、と雪緒は伸びをした。最近頼まれたアプリ開発の作業をしていた。同じプログラミングとはいえ雪緒が会社員時代にやっていた仕事とは勝手が違って、色々調べたりしながらの作業はなかなか進まない。それでも形が見えてきた。

時計を見るともう日付が変わろうという頃だ。雪緒は誰もいない自分の部屋で、大きなあくびをして立ち上がった。一人暮らしを始めた当初はちゃぶ台でパソコンをいじっていたこともあるが、腰が痛くなるので椅子とデスクを買い、いっそそれならとモニターも用意した。

使ったマグカップを流しに置いて、歯磨きを始める。なんとなくスマートフォンでSNSを眺める……ここ一週間、粕井は何も投稿していない。写真もなし、テキストもなし。

自分はもう大丈夫だし、そんなに気にしないで欲しいとは伝えてあるが、やはりどうも、気まずいのだろう。

しかし、こんなふうにあの件が原因で粕井が……owl がＳＮＳを止めてしまったら、雪緒としても悲しい。そんなことは勿論望んでいない。

数日前もそう思って粕井にメッセージを送ったのだが、彼は申し訳なさそうに謝るばかりだった。距離を置かれているなと感じて、寂しくなる。そんなに頻繁にやりとりしていたわけではないが、やはり休日や夜、思い出したように届く彼のメッセージを見ると、純粋に楽しく、心が解れるようだった。

しかも、粕井はここしばらく店に弁当を買いに来ない。直武は夕方に来て夕食作りを手伝うのだが、その時二人分を弁当容器に詰めて持ち帰っている。熊野は金はいらないと言っていたが、さすがにそれは申し訳ないと粕井が主張して、毎回弁当代を払っているそうだ。

だから、粕井は店にも来ないし配達も頼まない。

もうすぐくま弁は夏休みに突入する。

直武の料理教室も今日までだ。母親は予定より数日早く明日には退院だというから、粕井もほっとしていることだろう。

こちらから、何かメッセージを送ろうかと考えるのだが、なんてことないメッセージを考えるのに、以前と違ってひどく時間がかかったりする。

雪緒は歯磨き中の口から泡と唾液が零れそうになっていることに気付いて、洗面台に駆け込んだ。

口をゆすいで、目の前の鏡に映った自分を眺める。二十代の半ばを越えて、三十路まではもう一年と少し。

こんなことで悩む歳でもないのになあ。

雪緒は電気を消して洗面所を出た。

直武による料理の『お手伝い』は一週間続いて、直武の母の退院とともに終わった。母の敦子は退院したその日に菓子折を持ってやってきて、深々と玄関先で頭を下げた。身体に障るとよくないからと雪緒と熊野は部屋に上がってくれといったのだが断られ、敦子はそんな熊野に直武の料理教室代を払わせてくれと言い、熊野はそれを固辞した。ちょっとした騒動になったが、母と一緒に改めて謝罪に来た直武は、母の謝罪を見てさすがに忸怩たるものがあったのだろう、凹んだ様子だった。

翌日からくま弁はささやかな夏休みを迎えたが、その初日に、雪緒は直武と再会した。

スーパーマーケットで、だ。

その日雪緒は色々買い物の予定があって、家からはちょっと遠いショッピングモールに行った。そこにはスーパーマーケットも入っていて、用事を済ませた帰りに立ち寄ったのだ。

そこで買い物籠（かご）を持つ直武の姿を見つけた。

そばには母はいない。一人で買い物に来たらしく、スマートフォンを見ながら青果売り場に佇（たたず）んでいたが、顔を上げて周囲を見回し始めた。何か探しているらしい。

「直武君」

直武は一拍遅れて自分が呼ばれたのだと気付いて、振り返った。

「……どうも……」

雪緒が私服で髪も解いていたから、すぐにはわからなかったようだ。

びっくりした顔で、直武は軽く会釈する。ハーフパンツにTシャツ、クロックスという楽そうな格好だ。

「何か探してるの？」

「いや……その、麺（めん）ってどこにあるのかなと」

「冷蔵コーナーの麺ならそこだけど……」

「いや、乾麺を探していて」

「それならあっちかな。私もここ普段来ないけど……あ、ほら、やっぱりそうだ」

少し先に立って行くと、すぐに乾物のコーナーがあって、その対面に乾麺の棚があった。直武はそばの袋を手に取った。冷たいおそばもいいなと思って、雪緒も一つ棚から取った。炒（い）ったくるみを擂（す）って甘めのくるみだれを作り、くるみそばにしようか。それとも、とろろでも擂ろうかな。いや、惣菜（そうざい）コーナーで天ぷらを買って帰るのがいいかな。

ここのはトースターで温め直すと結構美味しい。

直武は顔を上げ、何か言いたそうな様子だった。

「どうかした？」

気になった雪緒が声をかけると、直武はぼそぼそと言った。

「ありがとうございます……あの、料理、勧めてくれて」

「ああ、興味が持てたならよかった」

「……なりすましのこと、すみませんでした」

唐突に、直武はそう言って頭を下げた。謝罪ならもう何度も受けているため、雪緒は驚いた。

「えっ、あ、うん……」

別に気にしていないよ……とまでは言えず、雪緒は曖昧に応えた。

だが、母の謝罪が応えたのだろう。初めて彼が謝った時より、今の謝罪には真剣味があった。

「もう他人のアカウントで遊んだり、ネットの情報から個人を特定してからかったりしません」

「そう……そうだね、それは本当にそうして欲しい……」

そう言って、今度は雪緒の方が言葉を続けるのを躊躇した。直武が、それに気付いた様子で、じっと彼女を見てきた。

「あの……粕井さん……どうしてる？」

「叔父さんは……俺の事、まだ怒ってます……」

「ああ、まあ……」

雪緒は、それは仕方ないんじゃないかなと思ったが、直武は本当に応えているらしく、渋面だった。

「俺、どうしたら叔父さんに許してもらえるのかな……」

「やらなきゃよかったのに……」

「そうなんですけど……」

落ち込む様子の直武を見ていると、身体は大きくてもこの間まで小学生だったんだなという気がしてくる。

「そもそも、いくら暇だったからって、どうしてこんなことしたの？　他人のアカウントでなりすましたらまずいっていうことはわかるでしょう？」

「…………」

直武は口をもごもごと動かし、何度か言おうか言うまいか考えた様子だった。

最終的に、彼はしかめっ面で、部分的に口を割った。

「叔父さんが……言わないから」

「ん？」

直武はちらっと雪緒を見たが、すぐに目を逸らして、有らぬ方を見ながら言った。

「大事な話があるのに、言わないから、俺がきっかけ作ってやろう……って」

「話って誰に？　何を話すの？」

と聞き返してから、雪緒は自分の問いの答えに至った。

「あ、そっか、『まーさん』に何か話があったってこと？」

「いや、そっちじゃないです」

雪緒は意味がわからず眉を顰めた。

「え？」

「そっちじゃなくて、その……」

雪緒は瞬きをした。

「……もしかして、話って、『私』に？　『まーさん』ではなくて……」

「でも、全然うまくできなかった」

直武はもう一度雪緒に視線を戻し、彼女が何も理解出来ないという顔をしているのを見て、困ったような顔をした。

「これ以上は俺からは言えません。叔父さんから話さないといけないことだと思うから」

「うん……？」

雪緒はやはりよくよく考えても意味がわからなかったので、今度粕井に訊いてみようと思った。

今はそれより、直武の悩みの話だ。

「それ、粕井さんに話してみたら？　ほら、許して欲しいのなら、ちゃんと自分がどうしてそんなことしたのかも話してみないと。そうしたら許してもらえるってわけじゃないけど……私は、何か嫌なことをされたとしたら、せめて相手には誠実な態度でいて欲しいかな。私には言えなくても、粕井さんには言えるんでしょう？」

「はい……」

直武は頷いた。くりっとした目はまだ幼さを感じさせる。

「……そういえば、今日って直武君がごはん作るの？」

「あ、はい。母さんは退院したばっかりなんで、夏休みの間は俺が作ります」

「いいね、お母さん喜んでるでしょ」

「……俺がやったこと母さんもまだ怒ってるから、喜んでるようには見えません」

「そ、そっか……」

だが、それで腐らずにこうして買い出しから準備をしているのだから、直武も母のために頑張っているのだ。

「今日のごはんって、粕井さんは一緒じゃないの？」

「叔父さんは普段は別々に暮らしてるので、一緒じゃないです」

「誘ってみたら？　もしくは、電話して持って行ってあげるとか。粕井さん、忙しそうだし、ごはんあったら助かるんじゃないかな」

「ああ……まあ……」

粕井の反応を想像しているのか、直武はちょっと考えてから言った。

「じゃあ、連絡してみます……」

そう言うなり、直武は粕井にメッセージを打ち込み始めた。雪緒は手を振って別れ、自分の買い物に戻ろうとした。

だが、なんとなく気になって振り返った時、直武は顔をしかめてスマートフォンを見つめていた。色よい返事ではなかったのだろう。雪緒が見ていることに気付いたのか、彼は顔を上げた。

「……どうしたの？」

「いらないって……」

「………」

よほど怒っているらしい。

いや、あるいは単純に外食したりする予定があるだけかもしれないが、どちらかわからないくらい冷たい対応だったのだろう。

「あの……私が……」

雪緒は言いかけたが、迷って言葉を呑み込んだ。

雪緒は粕井との——owlとの関わりが断たれるのを残念に思っている。

だから、今ここで直武に助け船を出そうとしているのは、直武のためではなく、もっと自分本位な理由のためだ。

迷う雪緒を直武は不思議そうな顔で見つめている。

いや、と雪緒は迷いを否定する。

どんな理由があったとしても、直武のためにも、間違ってはいないはずだ。

「私が、話そうか？」

だが、直武は難しい顔で考え込んだあと、首を横に振った。

「いえ……ありがたいですけど、また巻き込んだって、叔父さんは怒ると思うので」

「そっか……」

確かに、そういうふうに捉えられてもおかしくはない。

じゃあ、と雪緒は別の案を出した。

「私から頼まれたものがあるから届けたいって言ってくれない？」

直武は戸惑った顔だ。結局、雪緒を巻き込んだと言って粕井が怒ると思ったのだろう。

「ほら、私が是非にって頼んできて、仕方なかったんだって言ってよ。いや、実は私も今、ちょっと粕井さんと気まずいというか……渡しにくいというか……」

そう言われると、自分のせいだという自覚はあるのだろう、直武は気まずそうだ。

「だから、ここは私と粕井さんを繋ぐと思って……どう？」

「………試してみます」

直武はしばらくスマートフォンを見つめて文面を考えていたようだが、思いつかなかったのか、突然電話をかけ始めた。電話に出た粕井と話し始める。

「あっ、あの……いや、違うって。その、久万さんから頼まれたんだ。今……今？　スーパーだよ。うん、そう、モールの……えっ、でも久万さんが渡したいものがあるって言ってるんだよ。でも……渡しにくいから、俺に頼みたいって……」

粕井が何か言ったが、スーパーマーケットのざわめきの中では雪緒の耳までは届かなかった。

ただ、直武の返事だけが聞こえる。

「うん、わかった……それじゃあ、うん。ありがとう」

直武は電話を切って、雪緒を見やって頷いた。

「届けてもいいって。でも、今日は仕事忙しくて遅くなるみたいだから、明日持っていきます」

「そっか！」

雪緒もほっとして、安堵のあまり声が大きくなってしまった。直武はそれを見て、思わず笑って、すぐに誤魔化すように視線を逸らした。

彼は視線を逸らしたまま、ぼそぼそと呟くように言った。

「久万さん、あれ書くじゃないですか」

「あれ？」

「お品書き……」

ぼそっと言って、直武は目だけで雪緒を見やった。

「料理持っていこうと思っているんで、俺も書いた方がいいのかなと思ったんですけど……」

「ああ！　そうだねえ、別に絶対に書かなきゃいけないわけじゃないと思うけど。でも、書きたいって思ったんだね」

「はい。だって、福……叔父さんは、お品書きもらって嬉しそうだったから……あー……いや、俺からもらっても嬉しくないかもしれないけど」

「そんなことないよ！　きっと嬉しいよ」

粕井は直武の扱いに苦労はしているのだろうが、それでも大事な甥っ子だろうと思う。直武が粕井に許してもらいたがっているのは、粕井がこれまで直武を可愛がってきたからだと思うので。

「何か、コツ……とかあるんですか？　人に喜んでもらえる……」

「コツ⁉　とかはよくわからないけど……そうだね、私はお品書きを書くときは……」

雪緒はゆっくりと考えながら答えた。直武は素直そうに聞いており、粕井のためになることをしたいのだなというのがその態度から伝わってきた。

雪緒はパソコンをいじる時の椅子に座ったが、デスクに置いたのはパソコンではなく便箋だった。白い和紙の便箋で、隅に小さなおにぎりが転がっていく様子が描かれている。

暇があれば考えていた文章を、頭の中でもう一度整理する。

さっとボールペンを取ったが、直接便箋に書くのは思い直してルーズリーフを取り出した。やはり紙に書くとまた印象が違う——削ったり足したり直したりを繰り返し、なんとか思ったような形にしていく。

それからやっとペン先を便箋に置く。ごろごろとしたボールペンの先が、和紙を浅くへこませていき、黒々としたインクが伸びやかに広がる。

清書したものを読み直して、やっとほっと息を吐くと、もう机に向かって一時間ほどが経っていた。

封筒を取り出して宛名（あてな）を書くとき、手が止まった。

粕井様だろうか、owl様だろうか。

しばらく考えて、雪緒は owl 様と記した。

粕井は雪緒にとって客だったが、owl はそうではなかったから。

直武は底面の広い紙袋を持っており、そこにはフードコンテナがずらっと並んでいた。

雪緒が封筒を渡すと、彼はそのコンテナの上に、そっと封筒を置いた。

これから粕井に夕食を届けるという直武に封筒を渡すため、雪緒は彼の最寄り駅の改札を出たところで落ち合ったのだ。

「じゃあ、行ってきますね」

「うん、よろしくね」

直武は、雪緒をじっと見つめた。何か、こちらの真意を射貫こうとするかのような鋭さがある。

何か言われるのかと思ったが、結局そういうことはなく、直武は会釈して、自転車置き場へ向かって走って行った。

終電に間に合わなかったから、タクシーで帰ってきた。

一応、今日は休みだ。休みのはずだ。仕上げた仕事に問題がなければ。

横になってすぐにスマートフォンのアラームが鳴ったのでびっくりして飛び起きたが、実は横になって四時間経っていたし、鳴ったアラームも昨日の自分のためのものだった。オフにし忘れていたのだ。

うう、と呻いて、粕井はまた布団に潜り込んだ。

また唐突に意識は眠りに落ちて、体感的にはほんの僅かな後——実際には八時間後、今度は玄関チャイムが鳴った。

沼から這い上がるような倦怠感に抗って、布団から出る。

鍵を開けて扉を開けても、そこには誰もいなかった。

ただ、底面の広い紙袋が一つ置いてある。

どうやら、布団から這い出てここに辿り着くまでの間に、配達人は行ってしまったらしい。

粕井は袋を持ち上げて、予想外の重さに驚いた。

室内に入れて、早速中身をローテーブルの上に広げていく。ほとんどは大小のフードコンテナだった。コンテナにはシールが貼ってあって、そこに枝豆のコロッケ、フライ、茹で野菜、酢の物、五目おこわ、などの文字が書いてある。

さらに封筒が一つと、二つ折りの和紙。

粕井はまず封筒を手に取った。表には、owl 様とある。留めや撥ねのしっかりした丁寧な文字だ。ぎくっとして、なんとなく遠ざけて、ローテーブルの一番向こう側に置いた。

だが数十秒もそのまま考え込んだ末、粕井はもう一度その封筒を手に取った。

封筒にSNSのアカウント名が書かれているのは不思議な感じがしたが、考えてみると、雪緒自身も、そういう不思議なバランスの上に成り立っている。

粕井の前任者の元SE、アナログの極みのような手書きの文字も好み、愛車のローバーミニのために色々と調べながら手をかけている。面倒見がよくて真面目で、かと思えば他者とは比較的遠めの距離を取る——いや、それは粕井が客だったからかもしれないし、あまり信頼されていないせいかもしれないが。

「はあ……」

ついついため息が漏れてしまう。粕井は意を決して封を切り、便箋を取り出して目を通した。

中身は、その封筒にあるように、半分以上 owl に宛てた文章だった。

owl が身近な人だったことにびっくりしたこと。

owl が今回のことを気に病む必要はないということ。

雪緒はお品書きをいつも筆ペンで書く。雪緒の字は端正で、ほどよく力強く、お手本のようだ。

だが、その便箋では、ボールペンのころころとした跡が便箋をへこませている。相変わらず整った字形だが、筆ペンの流麗な筆致とはまた違う雰囲気だ。『普段の雪緒』が色濃く出ている気がする。ＳＮＳで趣味の話をしていた雪緒の纏う空気感がある。

真面目で、親切で、少しだけ、距離が遠い。

ＳＮＳではなんとなく男性だと思っていたのだが、考えてみればメッセージでの受け答えも店で会う雪緒と大して変わらず、むしろ違いを見つけるのが難しいくらいだ。

それから――

『それから、私の話ももう少し聞いて欲しいいし、もしよかったら、owl さんの話も聞かせてください』

その文面にどういう感情を抱くべきかわからなくなる。

嬉しい気持ちはあるが、身内が迷惑をかけてしまった、しかもあんなふざけた文面を送っている……と思うと、また罪悪感が強くなっていたたまれない気分だ。

やや遠い雪緒との距離感を思うと、このまま後退してフェードアウトした方が良いのではないかとも思う。

文章は二枚目に続いている。

便箋の二枚目には、こう書いてあった。

『どうして勝手にアカウントを使ったのか、直武君の話を聞いてみてくれませんか？直武君は私には教えられないとのことでしたが粕井さんになら話せると言っていました。教えられた理由に粕井さんが納得できるかはわかりませんが、事情があるのなら、話した方が良いと私は伝えました。本心から謝るなら、できる限りの誠実さが必要だと思うので』

なるほど、雪緒は直武にもう一度チャンスを与えたかったようだ。これではまるで誰が被害者かわからない。雪緒がここまでする必要はないのに、と粕井は少し呆れてしまう。

「優しいなあ……」

雪緒は誰にでもそうなのだろうと思う。あんなメッセージを送りつけて自分を怖がらせた直武にさえこれだけ親切なのだから。そもそも、彼女は配達の時一人一人のお品書きを作って、弁当と一緒に渡してくれる。丁寧なお品書きやそこに添えられた言葉を見ると、思わず笑みがこぼれてしまう。彼女の仕事ぶりは真摯で、文句の付けようもない。

その博愛主義が、今の粕井には眩しい。

彼女は怖くはないのだろうか。

こんなふうに踏み込んで、相手に迷惑じゃないかとか、鬱陶しいと思われないかだとか、気にならないのだろうか。

だってもしも自分なら、踏み込めないから。

今だってそうだ。

直武が引き起こしたトラブルによって、雪緒との関係に気まずさが漂うようになると、粕井は彼女と連絡を取り合うのが億劫になってしまった。彼女にも迷惑じゃないかと思って――いや。

粕井はテーブルの上に置いた手紙に目を向け、それをしばらくの間じっと見つめた。

雪緒のこの手紙は、粕井と直武のことを考えた結果、したためられたものだ。

粕井と直武のことを考えたから、一歩踏み込んで、粕井に直武の話を聞いてやって欲しいと言っているのだ。

それでは、雪緒から身を引こうとしている、今の粕井のこの選択は、誰のためのものだ？

自分の利己的な部分を見つめてしまって、粕井は口中に苦みを覚えてかぶりを振った。

嫌な疑問から逃げるように、粕井は二つ折りの和紙の方を手に取った。

少し分厚い和紙だ。滲むような模様が入っている。

開くと、最初に黒々とサインペンで書かれたお品書きという文字が目に入った。直武の字だった。

雪緒のお品書きに似ていたから、なんとなく雪緒の達筆を想像していたが、まったく違う。下手ではないが、幼さをまだ残した、思い切りのいい字だ。

そういえば、この和紙には見覚えがある。小学生の頃、直武が夏休みの体験学習で作ったのだ。その頃まだ粕井の母、つまり直武の祖母が元気だったため、母子は実家で祖母とともに三人で暮らしており、粕井は夏期休暇で実家に帰った折、直武から夏休みの体験を逐一報告されたのだ。

札幌の郊外にあったその実家は二人で暮らすには広く手入れも大変だったので、後になって母子はもう少し交通の便の良い場所に引っ越した。

日焼けした、今より幼い直武の顔を思い出す。あの頃は粕井の母が直武の髪を鋏とバリカンを駆使して整えており、結構上手かったのだ。

お品書きには、今日の料理の名前や作る上でのポイントなどが書かれている。自由研究みたいだなと思ったが、枝豆を湯がいて潰すことや、ゆで野菜のおおよそのゆで時間などが記してあり、直武が実際に作ったのだということが伝わってきた。

ただ、揚げ物は怖かったのか、フライやコロッケの項目には揚げたのは母と記してある。最近まで炊飯器の使い方くらいしか知らなかった子どもなのだということを思い出す。

姉の敦子も手術で良性の腫瘍(しゅよう)を取ったくらいで、そこまで体調不良があるわけではない。体力が戻っていなそうだから、安静にはしていて欲しいのだが。

お品書きはデザートとして記載されたメロンで終わっているが、その下にこちらはもっと細いペンで何か書き添えられている。

『久万さんにお品書き作りのコツを聞いたら、作った人と食べる人のことを考えようって言われました。俺は自分で作ったから、作る時もお品書きを書いた時も、福ちゃんのことを考えて、福ちゃんのために作ったり書いたりしました。フクロウにしたのは、名前からです。あとは、フクロウが昔から知恵の神様だと言われていると聞いたので。俺は福ちゃんのなんでも知ってて俺に色々教えてくれるところをすごいと思っています。でも、俺から福ちゃんに教えられることもあると思います』

さらにその下には、カフェの店名と住所が添えられ、オススメと書き込まれている。

それ以上はなんの説明もない。

粕井は眉(まゆ)を顰(ひそ)めて和紙の裏を確認したが、やはりそれ以上の情報もない。

「?」

まあ、最後に書かれたカフェとフクロウうんぬんの話はよくわからないが、それ以外は書いてある通りだろう。謝罪に行った時、直武は明らかに雪緒を舐(な)めていた様子で、粕井としてはそれも許せなかった要因なのだが、その直武が雪緒に自ら教えを請うたのだ。前に直武と会った時の話しぶりからして雪緒も納得できなければ助け船は出さないだろうから、直武もそれなりの態度を示したのだろう。

直武は彼なりに反省したし、こうして弁当を作ってお品書きを添えてくれた。

なんのために？

粕井に許してもらうために。

そして、直武の言葉を借りるなら、『福ちゃんのために』。

直武の初めて歯の抜けた顔とか、釣り堀に行ったこととか、二人でツーリングに行ったこととかを思い出す。言ったら絶対に嫌がるだろうから言わないが、おむつだって替えたのだ。生まれたばかりの直武の小さな手だって覚えている。あの手がいつの間にかこんなにちゃんとした料理を作れるようになったのだと思うと、むずがゆいような嬉しさが胸にこみ上げてしまう。

喜んでしまうのも、許してしまうのも、正直身内の情に振り回されているようで気にくわないのだが、そもそも彼を許さないのは直武のためでも雪緒のためでもなく粕井自身のためであり、つまり自分だけが自分のために頑なになっている。

粕井は基本的に自分のために生きてきたし、それを悪いことだとは思っていない。

だが、直武を許さないことは、それほど頑なに守り切るべきことなのかというと――。

粕井は少し逡巡した後、立ち上がって外に飛び出した。

マンションの廊下に直武の姿はない。エレベーターで下に向かったのだろう。粕井は部屋に戻って通りに面した掃き出し窓を開けた。サンダルをつっかけ、ベランダの手すりから身を乗り出して、周囲を見回す。エントランスは反対側だが、自宅へまっすぐ帰るのなら、直武は眼下の道を通るはずだ。

もう通り過ぎただろうかと思った時、自転車に乗った甥の姿が目に飛び込んできた。

「直武！」

粕井は声を張り上げた。近所迷惑だろうということは後から気付いたが、その時にはもうここ数年で一番大きな声で甥を呼んでいた。

直武は突然名前を呼ばれて、驚いた顔で振り返った。

だが背後ではなく、頭上だと気付いて、顔を上げる。

「……何⁉」

直武はびっくりした顔でそう言った。粕井はベランダの手すりから見下ろして、甥に向かってこっちに来いと合図を送った。

粕井は、ローテーブルに雪緒の手紙と直武のお品書きを置いた。直武をその正面に座らせて、自分はテーブルを挟んで向かいに。

直武の料理はすでに冷蔵庫を満たしている。

「雪緒さんが言うには、おまえがやったことには、理由があったって」

粕井がそう切り出すと、直武の緊張がより高まった。

「うん……」

　直武は少しの間を置いてから切り出した。

「あのさ……怒らないで聞いて欲しいんだけど……」

　それは内容次第だろうと思ったが、粕井はとりあえず頷きも否定もせずに直武が話し始めるのを待った。

「福ちゃんさ」

　直武は、粕井を昔からそう呼んだ。というのは直武が生まれた時粕井はまだ中学生で、姉も母も粕井を福ちゃんと呼んでいたので。

　幼い頃から知る、それこそおむつを替えたこともある甥が、その口をおずおずと開いて言った。

「あの人のこと好きだろう」

「直武！」

　思わず叫んで膝立ちになっていた。

　あまりの見苦しさに気付いて慌てて腰を下ろしたが、狼狽したさまが答えになってしまっている。

「……どうしてそう思ったんだ」

「前にあの人が配達に来た時の福ちゃん見てたら、嫌でもわかるというか……」

「…………」

雪緒が配達してくれた時も、向こうは仕事中なのだし、そんなに長々と話し込んだわけではない。弁当を受け取る時に、挨拶に加えて一言二言言葉を交わしたくらいだ。それでも直武にわかるくらい、その時の表情や声があからさまだったということだろうか。端で見ていた直武に伝わっているのなら、当然雪緒自身にも伝わっていてもおかしくない。

「それで、その時、あの人の顔に見覚えあるなって気付いて……前にも説明したけど、SNSのまーさんって人じゃないかなって思ったんだ。どんな人なのか興味が湧いたし、福ちゃんがどんなふうに接しているのか気になって、メッセージのログを遡って見てさ……でも、福ちゃんはまーさんが久万さんだって気付いてないんだってわかって。それなら、俺がきっかけを作ってやろうと……思って……」

「きっかけ⁉ あんなやり方でどうやったら俺が雪緒さんと親しくなれると思ったんだ⁉」

「いやっ、怖がらせる気はなかったんだよ！　ただ、こう、せっかく共通の話題があるんだから、話題を振ってみようと……ね？」

「怖いに決まってるだろ、自分の職場のことが突然会話に出てくるんだぞ、教えてもいないのに！　だいたい、おまえは俺のためだとか言うけどな、ただからかってるだけのメッセージもあっただろう！　俺が誰かあててみろだとかなんだとか！　あれはなんなんだ！」

「だ、だって、俺が誘っても全然会おうとしてくれないし、そもそも、俺が誰か……owlが誰かわからないと、オフでは接点ないかと思って……」

「おまえなあ……！」

「でも、オフで会ってるのに誰だかわかんないなんて、酷(ひど)いだろ！」

直武のその言葉は、かなり直接的に粕井の頭を殴りつけた。

「……酷くないだろ、それは……俺だって、わかんなかったんだから……」

そうだ、結局そうなのだ。

自分たちは、お互いに会ったことがあるのに、相手が誰だかわからないままだった。

雪緒の口調はメッセージの時ともそう変わらなかったし、メッセージならそこそこの数をやりとりしているのに、相手に気付かなかった。

粕井は雪緒の生真面目さを好ましいと思っていた。何しろ、ハラスメント被害を受けていた後輩を庇(かば)った彼女は、最終的には後輩の支えになれなかった自分を許せず会社を辞めたのだ。よほど不器用な人だろうと思い、自分には真似できないなと感服したものだった。

そこから気になり始めて、気付くと店に立ち寄って、雪緒の姿を捜すのが日課になっていた。雪緒は配達のアルバイトだから、そんなに店にいることは多くない。配達を頼めば挨拶くらいはできたのだが、少々回り道になるとはいえ帰り道に立ち寄れるのに配達させるのも悪い気がして、普段は基本的に来店して買っていた。

惹かれ始めているというか、もう少し知りたいなという感覚はあった。

だが、なんとなく積極的に距離を詰められないまま時間ばかり経過していた。

実際、雪緒の立場になってみたら、自分がただの客としか思っていない相手からデートに誘われたり連絡先をもらったりしたら、迷惑だと感じるのではなかろうか？ そんなことを言っていたら一生何の行動にも移せないのはわかるが、迷惑だなと思われながら店に通うことは耐えられなかったし、雪緒を困らせたくもなくて、踏み込めなかった。

それなのに、直武は一線をたやすく踏み越えて、会おうと誘った。

しかも、直武は雪緒がまーさんであることにすぐに気付いたのだ。

本当は粕井がそうしたかったことを、直武はその厚顔さでやってのけたのだ。

それが、相手への配慮を理由にぐだぐだ悩んでいた自分の意気地のなさを指摘されているようで、結局まーさんが雪緒だと気付かなかった自分の思いの軽さを指摘されているようで、無性に腹が立った。

結局、粕井は自分可愛さで直武を怒り、雪緒と距離を取ろうとしていたのだ。

粕井はため息を吐いた。それで鬱々とした気分が吹き飛ぶわけではなかったが、思考に一区切りを付ける役には立った。

「……おまえは間違ってた。でも、俺だって正しかったわけじゃない。俺が行動に移さなかったのは、誰かのためじゃなくて、結局自分のためだったんだ。今だって、雪緒さんと疎遠になってしまった方がいいんじゃないかと思っていた。自分が、恥ずかしかったんだろうな。子どもだと思っていたおまえに、自分の気持ちを言い当てられたみたいで」

直武は神妙な顔で聞き入っているが、果たして意味を理解しているのかは怪しい。

粕井はできるだけわかりやすい言葉で言ってやった。

「だから、もし、俺が雪緒さんとうまくいかなくても、それはおまえのせいじゃなくて、俺自身のせいなんだ。おまえが気に病むことはないからな」

「そ……そんなの、わかんないだろ。俺のせいで印象が悪くなったのかもしれないし……」

「いや、雪緒さんはそういうので左右されないよ、きっと。おまえの話を聞いてくれって、俺に手紙を書いてくれたんだから。雪緒さんは誠実だった。だから、俺も、おまえと雪緒さんに誠実でいないとな」

「誠実って……もしかして、俺がやらかした理由、話すの？　そうしたら、その、福ちゃんの気持ちも教えることになると思うけど……」

「まあ……そうなるな……」

正直、こんなふうに追い込まれて告げることではない気がしたが、こうなってしまった以上は仕方ない。雪緒にきちんと説明しておきたい……それで雪緒が迷惑だと思うのなら、離れよう。迷惑でないのなら、これからも店に通わせて欲しい。owl として、あるいは粕井として、メッセージも送ろう。

意を決した粕井を見て、直武はぐっと両の拳を握った。

「応援してるよ、福ちゃん！」

「おまえの応援はろくでもないからいらない」

粕井は間髪を容れずそう断った。

直武相手にはああ言ったものの、粕井は悩んでいた。

雪緒に話すとしても、電話だろうか、SNSのメッセージだろうか、それとも直接会うのだろうか。会うとして、どこに呼び出したらいいのだろうか。それともこちらから行こうか。わざわざ時間を取らせるのも悪いし、電話かメッセージの方がいいだろうか。いや、やはり会った方が……。

ぐるぐる考えてしまって、はっと気付くと部屋が暗くなっていた。

夏の北海道は日が長いとはいえもう八月だ。粕井の部屋は南東向きだったので、西日は入らない。立ち上がって干しっぱなしだった洗濯物を取り込んで、カーテンを閉める。

窓からの風はもう涼しい。

電気を点けたところで、空腹にはたと気付いた。

せっかくだから直武の作った料理を食べさせてもらおうと、冷蔵庫にしまったフードコンテナをすべてテーブルに出してみる。

ほとんどのものには中身を書いたシールが貼られていたが、一つだけ、何も貼られていないものがあった。半透明の蓋から透かして見るに、どうも色々な惣菜が詰められているらしい。

余ったものを詰めたのかなと粕井はあまり深く考えずに蓋を開けてみた。

「うおっ」

思わず声が漏れた。

ハードカバーの本くらいの大きさの容器に、おにぎりや惣菜、果物が彩りよく詰め込まれている。しかも、五目おこわで作られたおにぎりは、チーズや海苔で飾られ……どうやらフクロウの形を模しているらしい。惣菜は他のコンテナにも入っている海老フライや枝豆コロッケ、茹でたブロッコリー、にんじんのグラッセ、キュウリとツナの酢の物などで、ミニトマトや旬のメロンなどが添えられ、タコの形に切られたウィンナーまで入っている。

いわゆるキャラ弁だ。

「すっごいなこれ……」

チーズと海苔で作られたフクロウの目はなかなかリアルで、炯炯と光って見える。粕井はかつて甥と行った動物園のシマフクロウを思い出す。日本では北海道だけに生息するその猛禽は、サッカーチームのマスコットでも知られている。

弁当を前にしてようやく理解できたが、お品書きの『フクロウ』はこのフクロウのことだ。

思いついて、粕井はスマートフォンを手に取った。カメラのアプリを起動して、フードコンテナに鎮座するフクロウをそっと写真に収める。なかなかの出来だ。直武は、昔から図工は得意だったのだ。

甥の成果をカメラに収めた後で、粕井は早速箸を取った。キャラ弁なんて食べるのは初めてのことだ。どこから食べたものかと思ったが、ここはやはり、フクロウのおにぎりから食べることにした。目のところは避けて、ふっくらとした胴体を箸で崩して一口食べる。冷蔵庫に入れていたからそこまで期待はしていなかったが、おこわだったため冷めてももちもちして美味しい。にんじんや油揚げ、鶏肉などの具材と、つやつやのおこわがしっかり目の味付けで炊き上げられている。さすが熊野のレシピだ。フライは姉が揚げたというが、衣はおそらく直武がつけたのだろう。コロッケの枝豆を潰したのも、挽肉やじゃがいもと混ぜて成形したのも直武だ。おかげで俵形のコロッケは少し歪だったが、手順をしっかり守ったせいか揚げている最中に形が崩れてしまった様子もなく、ちゃんとカリッと揚がっていた。

お、と思わず粕井は声を上げた。

フライとコロッケで衣が違う。

コロッケの方が細かなパン粉を使っている。フライはざっくりと粗めのパン粉で、しかもたぶん海老フライには衣を二重につけている。細かな仕事に感心して、粕井はいっそう味わって食べた。

直武が作ったキャラ弁はかなり量が多く、最後の五目おこわを食べる頃には、粕井はすっかり満腹になっていた。

「……ごちそうさまでした」

手を合わせてそう言い、そんなことをしてしまったことに照れ臭くなる。

気付くとうっすら汗を掻いていた。もうエアコンの必要な気温でもないのだが、やはり食事を取ると身体が温かくなる。エネルギーを消費して、エネルギーを摂取している。

風を浴びたくなって、スマートフォンを片手にベランダに出た。

直武は、誠実に謝ってくれた。

粕井も、自分に向き合わなくてはいけない。

先程撮った写真を眺める。フクロウは鋭い目で粕井を見つめる。

おまえはどうなんだと言われているようで、粕井はようやく決断した。

メッセージを打ち込んで、送信する。

『今日、お手紙受け取りました。ありがとうございました。お言葉に甘えて連絡致します』

続けて、もう一つ。

『もし、よかったら、いつでもいいのでお時間いただけませんか？　直武が色々話してくれたので、雪緒さんにも改めてお伝えしたいことがあります』

できる限りの誠実さ……雪緒が自分で書いていた言葉だ。それを頭に浮かべながら、メッセージを打って、送信する。

返事は、すぐに来た。

『こんばんは！　私はいつでもいいですよ。今は夏休み中なので。今日でもいいですし、明日でも大丈夫です』

『それでは、明日の日中、喫茶店などでお会いできますか？』

数秒後、突然電話がかかってきた。粕井は驚いて手にしたスマートフォンを取り落としそうになった。空中で摑み直して、電話に出る。雪緒からの着信だった。

「も、もしもし」

『すみません、突然。電話の方が早いかと……あの、明日の日中で大丈夫です』

「それは……あの、ありがとうございます」

『あっ、いえいえ、こちらこそ。私もお話ししたかったので』

そう言われた粕井は、雪緒の言葉は純粋な隣人愛なのではと疑いつつも、どうしても少しどぎまぎしてしまう。

「お手紙ありがとうございます。おかげで直武とのこと考え直せました」

『あっ、はい……実は、何か、悪いなあとは思ってたんですけど。直武君とのことを取りなす体で、あんなふうに自分のお願いを主張しちゃって』

あれ、と粕井は違和感を覚えた。実際に真面目に取りなしてくれていたと思うのだが。

「お願いって……雪緒さん、あの手紙で何か個人的なこと書いてましたか……？」

『またお話ししたいって書きましたよ。私は、owl さんとお話しするのいつも好きでした。owlさんは皮肉も言いますけど、なんだかんだ優しいですよね。錆取り剤教えてくれたりしたじゃないですか』

「錆？　ああ、はい……」

確かに教えた覚えはあるが、そんなにたいしたことじゃないと粕井は思っていた。

雪緒の声は、真剣だった。

『いつの間にか錆びさせちゃうのはまーさんだけじゃないから、錆取り剤があるんですよって。あの時私結構凹んでたんです。大事にしていたつもりだったのに、全然ダメだったなって。だから、あの時ああ言ってもらえて嬉しかったし、他にも……色々ありますよ。だから、こうしてまた話せて嬉しいです』

「あっ、ああ～……なるほど、はい……」

意味を理解しきれず、粕井はそんな言葉を呟いた。

雪緒の言葉は平易でわかりやすかったし、何か含意があるとかいうこともなかったのだが、なんというか、受け入れがたかったのだ。彼は雪緒のことを博愛主義者だと思っており、それゆえに『直武のために』手紙を書いてくれたのだと思っていたので。粕井への個人的な言葉は、ちょっとした添え物で。

いや。いやいやいや……と粕井は必死で頭を回転させた。

粕井は雪緒の手紙を読んだ時、彼女がここまでする必要はないのにと思った。

だが、それはあくまで彼女が直武のためを思って行動してくれたという前提に立つ話だ。彼女は勿論直武のことも本気で心配していただろうが、それ以上に自分のために行動していたから、手紙を書いて直武に託すことに罪悪感を抱いたのだ。

雪緒が『悪いなあ』と躊躇しながらも踏み込んだ先にいたのは、粕井だ。

それは、博愛ではないのだ。

誤魔化しようもなく胸が熱くなる。心臓の鼓動に合わせて送り出された血液が身体を巡る。嬉しい。困った。恥ずかしい。

唯一の救いは目の前に雪緒がいなくて自分のにやけたような困惑したような無様な顔を見られないことだ。粕井はせめて咳払いをしてそんなにおかしくない声で言った。

「私も嬉しいですよ」

『じゃあ、明日、どこでお会いしましょうか』

そう問われて、粕井はハッとした。これだ——急いで部屋に戻って、直武のお品書きを摑む。

その最後に記された、カフェの名前。

「狸小路に行ってみたいお店があるのでそちらはどうですか？」

『いいですね、それじゃそちらで。三時でいいですか？』

「大丈夫です。じゃあ、後で場所送ります」

通話を切った直後、粕井は思わず息を吐いた。

粕井は、直武の残してくれた『応援』に心から感謝した。

それにしても、まさかこんなにあっさり約束を取り付けられるとは思っていなかった。いや……雪緒自身が話をしたいと言っていたのだし、雪緒からしてみたらむしろ連絡を待っていたのだろうが。

話を聞いて欲しいと彼女は書いていた。owl の話を聞きたいとも。

会ったら彼女の話を聞いて、自分のことも話そう。

窓から風が入ってきて、カーテンをなびかせた。

部屋に戻った時乱暴に開けたカーテンの隙間から外が見え、誘われるように粕井はまたベランダに出た。

緊張が解けて、手すりにもたれかかる。東の空はもう鮮やかな色彩を失い、水で薄く引き延ばされたような透明な青色だけが残っていた。重く湿った空気は濃厚な夜の匂いを纏(まと)っている。明日は雨になるかもしれない。

もう一度息を吐く。学生時代しか吸わなかった煙草が、少し恋しい。

口寂しさを埋めるように、粕井はスマートフォンを操作して、またあの写真を眺めた。宵闇の中で、フクロウはこちらを見つめて、今にも飛び立っていきそうだった。なんとなく思いつきでまーさん宛てに送ってみる。車モチーフではないけれど。それでも、それ以外のことも、彼女と共有したくなったから。

まーさんからはすぐに返信があった。

メッセージを読んだ粕井は、ベランダで一人笑みを零(こぼ)した。

•第四話• 秋味いくら親子弁当

ブルーライトカット眼鏡を外して目を強く閉じ、また開く。

ふう、と息を吐いてモニターの時刻表示を見ると、もう深夜を過ぎている。

「もうこんな時間？」

思わず呟いて、ノートパソコンを閉じて立ち上がった。

明日（あした）は仕事だから、もう寝なければ。同じ姿勢をとり続けた身体が少し痛む。伸びをして、椅子にもたれる。背もたれをぎいぎい言わせて背中と首を伸ばす。

ここしばらく、久しぶりのアプリ開発にかかりきりだ。

そもそものきっかけは、千春が、簡単に取り置き予約ができるシステムが欲しいなと言っていたことだ。

それを聞いた雪緒は、スマホのアプリで事前注文しておいて、取りに行った時に出来上がっていたら待たなくて便利ですよね、と言ったのだ。そこからどういうシステムだと使いやすいか、他の店ならこんなものがある……などの話になり、雪緒が昔少しやってみたことがある分野だったので、試作してもいいと提案した。

千春は最初、大変だろうと遠慮していたが、ユウとも相談した結果、料金を払って正式に雪緒に依頼することになった。

アプリ開発は学生時代に学び、就職後も少しの間趣味的に続けていたが、忙しくなってからは離れてしまっていた。前職がシステムエンジニアだったとはいえ、会社でやってきたのはもっと大きなシステム開発だし、複数人でチームを組んでいた。今回は小さな店のためのスマホ向けアプリ開発で、雪緒一人、すべてを自分でやらねばならない。趣味でやっていた頃の遊びの延長線上とも違う。何しろ、お金をきちんともらって、厳しくはないが納期も設定した。

いかに千春やユウの要望を聞き取って、それをシステムに落とし込むか、どうしたら顧客も店も本当に使いやすい形になるのか……そしてそれを実現するにはどうしたらいいのか。考えることは無限かと思うほどあって、このやり方はどうだろう、いや、こっちの方がよかったかな、と寝る前のちょっとした時間も惜しんで試行錯誤している。

それでも、こういうのもいいなと思う。

やはり自分は実際に手を動かして、何かを作るのが好きなのだろう。

雪緒は天井を見上げていたから、そこから吊したプランターが目に入っていた。グリーンネックレスやアイビーが、だらりと緑の手足を垂らしている。雪緒が育て、世話をしている緑。首を巡らせれば部屋には自分でDIYした棚やカウンターがあるし、駐車場にはできるだけ自分で手をかけてケアしている愛車が停まっている。

なんであれ、手を動かすのが好きだ。そうして少し前より綺麗になったり、元気になったり、調子を整えられたりしたら嬉しい。

そして、もし、何かを一から作れるのなら、それが本当に、楽しい。

目を閉じて自分の性質に思いを馳せる。

だが、すぐにこのままだと寝そうだと気付いて、慌てて身体を起こした。

その時、スマートフォンが鳴った。

この時間に、と驚いて、雪緒はそれを手に取った。メッセージの着信で、通話ではなかったが、文面を見た雪緒は眉を顰めてすぐにメッセージの発信者に電話をかけた。

「どうしたの、薫」

相手が出てすぐ、雪緒はそう尋ねた。メッセージの送り主は弟の薫で、今から話せないかという誘いだった。

『あの……姉ちゃん、落ち着いて聞いてほしいんだけど……』

「何、もったいぶって」

『父さんと母さんが、婚活パーティーに参加してる』

「は？」

両親が婚活？　雪緒はわけがわからず聞き返した。両親は夫婦仲は悪くないはずだ。離婚してもいないのに、どうして婚活なんか、と雪緒が混乱していると、薫はひどく言いにくそうに説明してくれた。

『親同士の婚活パーティーだよ……』

「……はあっ⁉」

深夜であることを思い出し、声を抑えて訊き直す。

「ま……待って、親同士の？　婚活？　子どもを結婚させようっていう親同士の？」

『そうだよ。父さんと母さん、姉ちゃんのプロフィール勝手に配ってるよ……』

嘘でしょう……。

雪緒はそう言いたかったのだが、自分の親なら確かにやりかねないと考えて、ただ唾(つば)を飲み込んだ。

薫に言われて思い出したが、確かに一ヶ月ほど前、親から結婚相談所に登録するよう勧められた。雪緒は完全に聞き流して、わかったわかったと答え――何もしなかった。

それでたぶん、親は痺(しび)れを切らしたのだ……。

『姉ちゃんさ、写真館で写真撮った？』

「え？　あ、そういえば……結婚相談所に登録するのに使うからって。でも、私は結局登録してなくて……」

『まあそうだろうけど、父さんと母さん、パーティーでその時の写真を見せて回ってるんだよ』

「嘘ぉ……」

一度は呑(の)み込んだ言葉だったが、結局漏れた。

何しろあの写真は……その、笑顔が引きつってしまったからパソコンで加工されていたりして、嘘っぽいのだ。ろくでもない写真だ。

「あっ、プロフィールって……私の名前とか年齢とか色々ばらまいているってこと？」

『そうだよ。仕事も学歴もね……』

「うわあ……ちょっと待ってよ、なんでこんなことになってるの？　だって、お父さんもお母さんも、この間まで全然そんなこと気にしてなかったんだよ。急に……」

『……ごめん、それは俺のせいかもしれないんだ』

憂鬱そうな、本当に申し訳なさそうな声だった。

「何かしたの……？」

『あの……』

薫はごくりと唾を飲んだ。

『俺、デート中に親と出くわして……しょうがないから、彼女を紹介したんだ』

雪緒は咄嗟に自分の口を手で押さえた――そうでもしないと深夜では許されない大きな声が出そうだった。

「何、あんた、彼女、彼女できたのっ？」

『そんな驚くことじゃないだろ……』

「だってどうやって？　職場もおばちゃんしかいないって言ってたじゃない！」

『まあ、それは……とにかく、親が彼女を気に入ったんだよ。それで、姉ちゃんを結婚させた方が、俺が彼女と結婚しやすいって考えたみたいで』

「何それぇっ！」

我慢出来ずにまた大きな声を上げてしまった。続けて叫びそうになるのをなんとか堪える。

「冗談でしょう……えっ、一応確認するけど、あんたもしかして私が結婚しないと結婚しにくいとかそういう考え方あるの？」

『あるわけねーだろ』

「あ、うん……えー、いや、待って、どうしたらいいのこれ……えっ、ちょっと、こんなことになってるなんて。私の……私の写真とプロフィールがばらまかれているの……？　私の知らない人間に……？」

そういえばつい先月……いや、もう先々月になるが、雪緒の顔入りの写真がＳＮＳに投稿されてしまった事件があった……。

雪緒自身はあまり自分の写真や個人情報をネットにさらしたくない方で、そもそも誰であれ人間の顔が映っている写真を加工なしでＳＮＳに投稿することなどないのだが、誰もが自分と同じ価値観の持ち主ではなく……悲しいことに、自分の情報も写真も勝手に世に流れていくのだ。

『俺もやめろって言ってたんだけど、今日改めて話を聞いたらもう婚活パーティー行ってきたみたいで……止められなくてごめん』

両親は行動力がある。思い立ってから行動までの期間が短いのだ。薫も、気付いた時にはどうしようもなくなっていたのだろう。

「わかった……知らせてくれてありがとう。とにかく、明日お父さんたちに話してみるよ。薫から聞いたって言うけどいい？」

『いいよ』

雪緒は通話を切って、デスクに突っ伏した。

親と話して、説得して、勝手に婚活してプロフィールをばらまくのを止めさせるか……いや、その婚活パーティーを開催している方に働きかける方が早いかもしれない。本人の同意なしに個人情報をばらまくのはさすがに規約違反だろうし、親の動きを止められそうだ。

だが……。

「……文句が凄そうだな……」

少し想像して、雪緒は二つ目の選択肢は最終手段とした。まずは正面から説得しよう。事情を話して、別に雪緒が結婚しようがしまいが薫の結婚への考えは変わらないから、問題ないとわかってもらおう。

通話を切っても握り締めたままだったスマートフォンに気付いて、何をしたいというあてもなく操作する。デスクに上半身をだらりと載せたまま。

SNSのアプリで、owl とのやりとりを見返す。一時期メッセージのやりとりは途絶えたが、今はまたちょっとした話をするようになった。前とは違って車以外のことも話す。どこの店の何が美味しかったとか……遠出した話だとか。ささやかな会話を積み重ねている。

owl の甥によるアカウントなりすまし事件の後、owl――いや、粕井は事情を教えてくれた。甥の直武は粕井の気持ちを察して、二人の仲を取り持とうと画策したらしい。最初に言われた時はなんのことかわからず呆然としてしまったが、一口カフェラテを飲み、カップを置いて、粕井の顔を見た時、わかってしまった。

粕井は重大な裁判の判決を待つような顔をしていた。

あっと雪緒は叫んだ。粕井の気持ちとは、つまり雪緒への気持ちなのだ。二人の仲を取り持とうとしたということは、雪緒と粕井をくっつけようとしたということなのだ。

雪緒はすぐには答えが出せなかった。絶句してしまった雪緒を見て、粕井は、別に気にしなくていい、自分ももう少し親しく話してみたいなと思っただけで、そんなつもりはない、と語ってくれた。それが本心なのか、雪緒を落ち着かせようとしたのかはわからないが、とにかく今無理に付き合いたいとかそういう話をしたいわけではないらしい。

雪緒も、粕井も、この件についてこれ以上の明確な回答を避けた。

答えを先延ばしにしたのだ。

そういうわけで、雪緒は曖昧な状態のまま粕井と——というか、owlとメッセージのやりとりをしている。

「婚活……」

うっそりと呟く。

千春とユウの結婚記念パーティーに出て、なんとなくああいうパートナーがいるのも良いものだなとは思ったが、だからといって結婚に対してそこまで前向きなわけではない。粕井との関係だってはっきりしていない。親と話す上では今付き合っている人がいるのかとか、結婚に対してどう思っているのかとか、そういうことを確認されるのだろう。どう答えようかと考えて、眉間に深い皺を作ってしまう。

「うぐぅ……」

呻いて奥歯を嚙みしめる。とにかく話を順序立てて、理屈を立てて話すのだ――あらゆるやり方で反論されるだろうが、筋が通っていればある程度は言い分を認めてくれるはずだ。

理論武装をして、明日を迎えよう。

布団に入ってからも、雪緒はしばらく親との仮想の問答ばかり考えて、なかなか寝付けなかった。

父の弘海は会社員で、母のマリエは小学校の教員だ。

母の方が父より年上で、あと一年で定年退職となる。

とはいえ子どもを相手にしているせいかマリエは常に若々しく、動きもきびきびしてエネルギーに溢れている。優しくも締めるところは締める先生として特に低学年を受け持つことが多かったが、家庭では学校よりも締め付けがちで、雪緒は彼女を前にすると今でも緊張する。正直、児童として母が勤める学校に在籍していた時は、お母さんて学校ではこんなに優しかったの⁉と少なからぬ衝撃を受けたくらいだ。

今日は土曜日の昼間で、午後からならいると言われたので実家を訪ねると、庭仕事をしていた母が出迎えてくれた。

「お帰り、早かったね」

母は娘を見上げてそう言った。帽子の庇が陰を作る。九月の札幌とはいえ、長袖に長ズボン、長手袋に長靴という格好は暑そうだった。

「ただいま。何か手伝う？」

「いいよ、部屋入ってて。お父さん散髪に行ってるけど、もうすぐ帰るから。冷たい麦茶入れておいて」

マリエは庭仕事で使った道具を片付け始めた。雪緒も言われた通り鍵のかかっていない玄関から家に入り、手を洗ってから冷蔵庫にあった麦茶を出す。空になったボトルをざっと洗って麦茶のパックと水を入れ、冷えた麦茶にさらに氷を入れてお盆に載せていると、玄関が騒がしくなった。

父と母が、揃って部屋に入ってきた。

「ハア、疲れた」

「おう、雪緒か。お帰り」

「ただいま。お父さんもお帰りなさい」

雪緒はダイニングテーブルに冷たい麦茶を置いて、手土産の薄皮まんじゅうを出した。母はシャワーを浴びに行ったので、手を洗って先にテーブルについたのは父の弘海だった。

弘海はタオルで顔を拭きながら椅子に座ると、麦茶を呷った。

「暑かったな、車で行けばよかった」

そういえば散髪に行ったという話だ。床屋までは歩いて十五分ほどだろうか。

半白の髪に厳めしい顔立ちの弘海は、その太い眉の下のぎょろぎょろとした大きな目で、雪緒をとっくりと観察した。

「雪緒は最近どうだ、元気なのか」

「うん。今日は……」

「わかっている。見合いの話だろう」

「みあ……見合いもあるの⁉」

「お母さんから聞いていないのか」

その時マリエがすっきりした様子でダイニングに入ってきて、椅子にどっかりと座った。父同様、麦茶を一気に呷る。

「おまえ、見合いのこと……」

「これから話せばいいでしょう。雪緒、良いお話があるの。来月、お見合いしましょう」

「し、しません……」

色々な反論に対してシミュレーションを重ね、理屈を練ってきたのに、初手からこういうことになるとは思っていなかった。

まずいぞこれは。

何故なら、今雪緒には二つ目的が出来てしまった。『見合いのお断り』と『個人情報流出阻止』だ。見合いを断った上で婚活パーティーで個人情報をばらまくのをやめてくれと頼むと、親としては二つ譲歩しなくてはならない。たぶんそれは難しいだろう。一つ譲歩するからおまえも少しは譲れ、そんな結論に持っていかれそうだ。

それを避けるためには、根幹にかかわる話をしなくてはならない。

「会うくらいいいでしょう。再来月まで延ばすと、先方にも悪いし」

マリエは訝しげな顔でそう言った。会うのも会った後断るのも雪緒としては重労働だから、まずそこから避けたいのだが。

「結婚する気がないので……」

「ない？　今後も一切？」

「今のところは、ありません」

口調が丁寧になる。緊張して、冷静でいようとしたら、こういう口調になるのだ。父に対しては違うので、たぶん、母が『学校のマリエ先生』だった頃の名残だ。

弘海はまだ黙っている。マリエの眦はだんだんつり上がってきた。

「相談所に登録するってあなたも言っていたでしょう。あれは何？」

「あれから私も改めて考えて、結婚はまだいいかなと思ったので」

「早いに越したことないのよ。雪緒、もうすぐ三十でしょう」

「まだです。あと一年以上あります」

「子どもを産むこと考えたら、もうそろそろ動き出してもいい頃だと思うけど。だってね、今からお見合いして、結婚することになったって、子どもがすぐにできるとは限らないんだから。それとも、あなた、お付き合いしている人でもいるの？」

なんと答えるべきだろう。いる……ようないないような？　いや、いない、というのが正確だろう。好意を持ってもらっているとはいえ、何か約束を交わしたわけでもない、いつ愛想を尽かされるかわからない状態だ。だいたい相手がどれくらい本気かもわからない。

「……いるの？」

「いません……」

もう、とマリエは溜息混じりに呟いた。

「見栄張らないでよ」

「……」

んん、と雪緒は咳払いをした。

実家に帰った時から姿勢は気を付けていたが、改めて腹筋に力を入れて、背筋を伸ばす。

「私のプロフィールをお父さんお母さんが婚活パーティーで人に配っていると聞きました。そういうことを私の同意無しにやってほしくありません。この前撮った写真も返してください。私は今、結婚を考えていませんし、私が結婚するかどうかと、薫の結婚は関係ありません。薫自身もそう言っていました」

「あのね、雪緒。そういうことを言っている間に、周りの同年代の男性たちはみんな結婚しちゃうんだから。その時になって後悔しないように、今から動いた方がいいの。今は一人でも楽しいかもしれないけど、五年後十年後もそうとは限らないでしょう？」

「そうだとしてもこれは私の人生です」

「あら、本当に？　弟夫婦の世話になる羽目にならない？　病気や何かで、あなたが一人では暮らせなくなった時、どうするの？」

「医療保険入ってるし、個人年金保険とか積み立てとか色々選択肢あるし、なんなら年を取ったら見守りサービスだってあるし、きちんと備えておきます」

「備えねえ。でも貯金だってあるわけじゃないでしょう？」

想定していた問いかけではあったが、雪緒は一瞬言葉に詰まった。貯蓄が心許ないのは事実だ。薫が働き始めてからは実家への仕送りも止めたが、くま弁での仕事は決して給料が良いわけではない。

「……仕事のことは考えています。それに、だからこそ、今の私には誰かと結婚してその人の分まで責任を負うことなんてできません」

「雪緒」

それまで黙っていた父が、会話に入ってきた。

「おまえ、転職する気あるんだな。それならその方がいい。やっぱり、婚活パーティーでも正社員の方が人気があるからな」

「お父さん、だから私は今自分のことで手一杯で、結婚なんて考えられないんだよ」

「『まだその時じゃない』とか『準備が出来ていない』とか……」

弘海はそう言って薄皮まんじゅうを一つ皿に取った。白い薄皮を透かして中身の餡(あん)が見える。

「そんなことを言っていたら、何も始められないぞ。アレクサンドロス大王はおまえが就職する歳には東方遠征を開始して、二十九歳の時にはインドまで到達していたんだ」

そう言いながら、弘海はまんじゅうを二つに割った。一つは母に渡し、自分は半分を一口で食べる。

何故アレクサンドロス大王？　という雪緒の問いは、結局タイミングを逸して発せられることはなかった。

「雪緒、まだ麦茶あったか？」

「アイスコーヒーならあるけど」

「それでいい」

雪緒は紙パックのアイスコーヒーを冷蔵庫から出して新しいコップに注ぎ、意識的に丁寧にテーブルに置いた。そうしなければつい乱暴に置いてしまって、文句を言われそうだったので。

「完璧な人間同士じゃないと結婚できないわけじゃないんだぞ」

「でも、あんまりにも準備が出来ていなかったら、うまくいくものもうまくいかないんじゃないの？　少なくとも、私は乗り気ではないし……」

父から渡されたまんじゅうをちびちび食べていた母は、そこで会話に戻ってきた。

「会ってみたら良い人かもしれないでしょう。そんなに肩肘張るものでもないと思うなあ」

そうだぞ、と弘海も母に同意して、またまんじゅうを一つ取って半分に割り、半分は母の皿に載せた。

特に具体的な問いを発したわけではなかったが、マリエは雪緒の疑問を察して答えてくれた。

「お父さん、最近甘い物控えてるのよ、ダイエット」

「ローマは一日にして成らずだ」

弘海はどこか誇らしげだ。我慢できずに結局一つ分食べている人間の言う言葉ではない。

雪緒はしばし眉根を寄せて黙考した。ダメだ。切れてはダメだ。

正直うんざりしていたが、それでもできる限り冷静な声音を出した。

「気持ちがついていかないのに急いで結婚したって、私が苦労するだけとは思わない？　アレクサンドロス大王の集団結婚式だって、後になって随分離婚したっていうし」

「それはそれ、これはこれでしょう？」

マリエは口を尖(とが)らせて反論する。その台詞(せりふ)を自分の伴侶(はんりょ)に言ってはくれないのか、と雪緒はまた一つ疑問と疲労を重ねる。

「それより、転職のことちゃんと考えろよ。おまえはせっかく技術があるんだから、本腰を入れて探してみた方がいい」

「…………」

想定してしかるべきだったのかもしれないが、課題が三つになってしまった。プロフィールを配るのを止めさせること、見合いを断ること、それから転職への圧を躱(かわ)すこと。

だんだん雪緒は投げやりな気持ちになってきた。いつもこうだ。実家で親と話すと、次々に親からの要求が積み重なっていって、雪緒は息もできなくなる。

「…………お父さん、お母さん、このままだと私は婚活パーティーを主催しているところに連絡して、私は同意していないから両親がパーティーに参加して私の個人情報をばらまくのを止めさせたいって話さないといけなくなるんだよ。主催側も本人の同意がないなら参加はできませんよって規約で決めてるんじゃないかと思うんだけど」

「何か勘違いしてるのかもしれないけど、他の参加者もみんな親御さんたちよ。乗り気じゃないお子さんの代わりにやってるって人もいるのよ」

「でも他の親たちは子どもも同意してるでしょう？　興味はあるけど忙しくて婚活して

る時間がないから親に任せておくとか、親があんまりうるさいから好きにやらせておくとか、色々本人側にも事情があるとは思うけど、普通に考えて、本人不同意なのにプロフィールばらまいたりしてたらよくないでしょうっ？」

冷静に冷静にと自分に言い聞かせていたが、つい声がひっくり返った。

マリエは雪緒の語気の荒さに眉(まゆ)を顰(ひそ)めた。来るぞ、と雪緒は内心で身構えたが、先に口を開いたのは弘海だった。

「我々も心配なんだ。そんなに嫌なら、せめてもう少し安定した仕事を目指してくれ。おまえが真っ当に働いて、自分の面倒を自分で見られると安心させてくれたら、私たちも無理は言わない。もうすぐ三十だろう？　子曰(いわ)く、三十にして立つ、だ」

孔子は六十にして耳順(したが)うとも言ったんだからあなたたちも少しは人の話を聞いてくれ、と雪緒は思ったが、口に出す前に、玄関からドアが開く音が聞こえてきた。ばたばたと少し慌ただしい足音に続いて、リビングのドアを開けて、弟の薫が飛び込んできた。

「ね、姉ちゃん、もう来てたの」

薫は以前会った時は目にかかっていた髪を、今は目や耳にかからない程度に切っている。相変わらずひょろりと背が高いが、以前より筋肉がついてがっちりして、日焼けしているように見える。

「薫、あなた仕事は？」

「今日は早上がり！」

薫は母親の問いにそう答えると、食器棚からコップを手に取って水道の水を汲んでごくごくと飲んだ。

「はあ、冷たい！」

屈託なくそう言って、彼は雪緒に笑いかけた。

「久しぶり！　元気だった？　夕飯食ってく？　なんか作るよ！」

「夜は仕事があるから」

「そっかあ、残念。今何話してたの？」

いかにも愛嬌のある弟という雰囲気を纏って、薫は話題に入ってきた。雪緒の隣の椅子を引いて座る。彼は少し姿勢が悪く、マリエに睨まれて苦笑しながら背筋を伸ばす。

「雪緒の仕事のことよ」

「婚活パーティーのこと」

マリエと雪緒の発言はほぼ同時だった。

一瞬の視線による攻防の後、雪緒は機先を制そうと口を開いた。

だが弘海の方が僅かに早かった。

「雪緒が結婚を嫌だというから、それならもっと安定した仕事を目指して欲しいと話していたんだ」

「だからって私の個人情報を勝手にばらまくというのは違うんじゃないかなと思うよ」

雪緒は間髪を容れず反駁した。薫は二人の話を聞いて、ふうんとさして真剣味もなく呟き、まんじゅうを摘まみ上げて言った。

「姉ちゃんが今働いている店の弁当ってすごく美味くて有名なんだよ」

「雪緒は料理人目指しているわけじゃないんだから関係ないでしょ」

「まあまあ、一回注文して食べてみたら？　確かうちの辺りって配達範囲内だし」

「あなた食べたの？」

うん、と頷きながら薫はまんじゅうを食べる。

「めちゃくちゃ美味かったよ。結構温かいまま持ってきてくれるし、一度頼んだらいいよ」

「そう……？」

マリエは弘海と目を合わせてから言った。

「一度頼んでもいいと思うけど、でもそれと雪緒の転職の話は別よね」

「まあ、そうだな」

弘海も頷く。

雪緒は薫を見やった。薫は声に出さずに口を動かし姉に何か言いたそうだったが、雪緒には何を言いたいのかはわからなかった。不安に襲われ、眉間に皺を寄せて口元を歪めていた。どういうつもりなの、という気持ちを込めて薫を見ていたが、薫の方は小さく頷いている。

「あ、それで姉ちゃんは何時までいられるの？」

話を振られて、雪緒はハッとして時計を見た。

「もう行かないと」

そう言ってバッグを抱え、思い返して母に店のカードを渡す。

「注文の時はここに電話してね。その日のメニューはサイトにあるからそっち見て」

「はいはい」

マリエはカードを受け取ると、腕を伸ばしてカードとの距離を取った。老眼が進んでいるのかもしれない。

「眼鏡作ったら？」

と言うと、マリエは忌々しげに雪緒を睨み付けた。

その日の夜、雪緒は薫と通話した。イヤホンを耳に入れて部屋の片付けをしながらだ。

「あれどういうこと？　弁当注文してみろってやつ」

段ボールを畳んでビニール紐で縛る。つい力が入ってしまって、手に紐が食い込む。

『姉ちゃんの仕事の細やかさを見たら、父さんたちも納得すると思うんだよ』

「そんな簡単にいくとは思えないけど……」

薫の提案を無下に却下するのも悪いとは思ったが、雪緒なりに穏当な表現を使ってもそのくらいしか言えなかった。

『まあまあ、やってみようよ。あれで父さんも母さんも丸くなったしさ、美味しい弁当にケチつけるような真似はしないから』

そうだろうか？

何しろ、あの両親のことだ、雪緒の仕事ぶりどころか、弁当そのものにまで難癖付けて否定してくるのではないだろうか。自分のことだけならまだしも、くま弁やユウたちの仕事を否定するようなことを言われたら我慢できそうにない。

だが、自分が親と暮らしていたのは六年以上前だというのも事実だ。弟の方が最近の親の様子には詳しいだろう。雪緒はマイクに息がかからないよう溜息を呑み込んだ。

「わかった」

薫は雪緒のために会社を早退して来てくれた。愛嬌のある末っ子といった立ち回りで雪緒をサポートしてくれた。どうせこれ以上親との関係がこじれても今更どうということはない。ならば薫の案に乗ってみようと思った。

「それで、お母さんたちの好みってどんな感じかな。今も味付けって濃い？」

『いや、最近は薄めかな、健康に気を遣ってるから……あと、父さんはダイエットしてる』

「ああ、うん……」

あれをダイエットと言っていいのか？　という疑問はあったが、雪緒はひとまず置いておいた。薫に言ったところでしょうがない。

「ええと……好きな食べ物……和食？」

『そうだね。和食だよね……父さんは』

「えっ……お母さんは？」

『最近は割とベトナム料理とか……タイ料理とか……メキシカンとか』

雪緒は同じ市内ということもあって年に数回実家に顔を出していたのだが、最近の食の好みまでは気付かなかった。言われてみると雪緒が帰るとだいたい薫が雪緒の好きなものを作るかいつもの店の出前を頼むかで、新しい店に行くとか新しいメニューを試すとかいうことはなかった。

「うーん……」

生春巻きと鯖味噌が隣り合っていてもおかしなことはないだろう。お弁当というのは自由なものだ。

だが、好きなものを入れればそれでいいかというと、そういうわけではない気がする。

「何か……お父さんもお母さんも満足できて、しかも驚きがあるような……」

『わかるよ。でも難しいよね……お店の人たちにも相談してみたら？』

「そうだね……」

千春やユウに迷惑をかけたくない気持ちはあるが、やはりプロである彼らに相談せずここで素人同士が唸っていても良いアイディアを出せる気はしない。

「何かまた訊きたいことが出てきたら連絡するね」

『うん。それじゃあ』

通話を切って、雪緒は思う存分溜息を吐く。いつの間にか手は止まっていた。イヤホンを耳から外して段ボールを玄関の隅に置き、洗濯物を取り込んでいないことを思い出して慌ててベランダに出た。

九月ともなれば夜は寒いくらいだ。いつの間にか昂ぶっていた感情が冷やされていく。もう一度、もどかしい苛立ちを押し出すように息を吐いて、冷えてしまった洗濯物を手に取った。

張り付いていた小さな蛾がひらりと飛んでいった。

昼にオフィスビルで小エビとサツマイモのかき揚げ弁当と柔らかポークソテー弁当を販売した雪緒は、店に戻るとユウに声をかけられ、休憩室に入った。すでに千春がいてノートパソコンで今日のメニューを作成していたが、雪緒が入ってくるのを見てパソコンを脇に避けた。

「お疲れ様！　今からご両親のご注文の詳細について訊いていいかな？」

「はい。すみません、お願いします」

親が注文したがっていることは今朝伝えてある。その時は時間がなかったので、今こうして時間を作ってもらったのだ。雪緒が座るとすぐにユウもやってきて、熱い玄米茶を出してくれた。

ほっとする香りに雪緒の緊張も少し解ける——そう、緊張していたのだ。雪緒の親は失敗を許さないタイプの人間だったので、雪緒は彼らのことを考える時に緊張してしまう。

「えっと、雪緒さんと弟さんの分も含めて四人前で、内容はあまり決まっていないと」

「はい……父は和食が好きで、母は最近ベトナム料理とかタイ料理とかメキシコ料理とかが好きみたいです」

「いいね！　私もタコス大好き……いや、えーと、ごめん……そうだね、今回は何か特に要望とかはあるのかな？　それとも予算の範囲内でオススメを作る感じ？」

「要望……あの、実は今回……」

そこで雪緒は言葉に詰まった。いったいどこからどこまで説明したらいいのだろう。婚活を勧められていること、転職を勧められていること……。迷ったが、隠したり誤魔化したりして、結果的に弁当作りにうまく反映させられなかったら意味がない。面倒をかけることにはなるが、せめて千春とユウにとって誠実な客でいようと雪緒は思った。

「今回は……親から……転職と婚活の圧をかけられていて……せめて普段の仕事を知ってもらおうと思いまして……」

言葉にすると二十代後半にして随分親の圧にさらされている気がする。かける方もかける方だと思っていたが、やはり自分が頼りないのが悪い気がしてきた。だってこんなのはたぶん普通ではない……。

自分が情けなくて俯いてしまった雪緒に、千春が声をかけた。

「じゃあ、美味しいお弁当を作って、この店のこと、認めてもらわないとね」

顔を上げると、千春は笑いかけてくれた。

「それに、雪緒さんの仕事が、うちではすごく大事なんだってこともね！」

その明るい笑顔に、沈んでいた感情が引っ張り上げられる。雪緒は冷えた胸に染み入るような温もりに、ホッとして泣きそうになった。

ユウの方は幾分慎重に言った。

「でも、実際うちはそんなにお給料出せるわけじゃないから……もし雪緒さんが他に転職を考えているのなら、それは仕方ないと思うよ。勿論雪緒さんの意思が一番大事だけど、ご両親だって、雪緒さんのことを考えて言っているわけだし……」

「それは……まあね……」

一度はそう言ったが、千春はそれでも顔を上げて握りこぶしを作った。

「いや！　それはそれ、これはこれ。今うちで働いてもらっている以上、うちでできるのは美味しいお弁当作って、雪緒さんを応援することだと思う。だって雪緒さんは今はうちで働きたいって思ってくれているんでしょう？」

「はい！」

雪緒は自分でも驚くくらいの大きな声で返事をしてしまったが、千春は嬉しそうに笑ってくれた。

「そうだね。何にしても僕たちがやるべきことは決まっている。それは千春さんの言う通りだ。雪緒さんのご両親にうちの店と雪緒さんのお仕事を知ってもらおう。ご両親の不安が少しでも解消されるように」

ユウはそう言ってペンを手に取った。

「それじゃあ、ご両親のことを聞かせてくれるかな。味の好みだけじゃなくて、最近のこと、昔のこと、雪緒さんのご両親との思い出。どうかな、話せるかな」

雪緒は思いを巡らせ、深く息を吸い込んだ。ユウが淹れてくれた玄米茶の香りがしていた。それに、下ごしらえ中の出汁の匂いや、煮物の匂いなど。古い記憶を思い起こす。濁った泉の底から拾い上げるようなもので、小さなきっかけからたぐり寄せた記憶が何に繋がっているのか、よくわかっていなかったが。

「そういえば、昔よく円山公園に行ったんです」

「へえ、いいね。春のお花見とかで？」

「いえ、もっと普通に……動物園に行くこともありましたし、北海道神宮でお参りすることもあって……でも、基本的にはピクニックで、お弁当を持って、父や母と食べました。まだその頃は弟も生まれていなかったと思います」

薫は七歳下だ。雪緒が小学校に上がるまではそのピクニックは続いていたように思う。夏よりはやはり春や秋が多かった。ゴールデンウィークの頃には桜が綺麗だったし、秋は綺麗な落ち葉を拾い集めた。わざわざ貴重な休みにお弁当を作って家族で出かけてくれたのだ。可愛がってもらっていたんだなと思うと、普段相手を煙たがるばかりで実家にろくに顔を出さない自分を申し訳なく感じる。

「お弁当はどんなものでしたか？」

「普通の……たぶん玉子焼きとかソーセージとか、普通のお弁当だったと思います。あ、鮭のおにぎりは必ずありましたね」

「鮭か、いいね。ちょうど秋鮭の季節だ」

秋は、海で成長した鮭が生まれた川に戻ってくる季節だ。北海道では定置網でこれを捕まえ、様々な加工品にし、勿論そのまま鮮魚としても出荷する。生の筋子が鮮魚店やスーパーマーケットに並び始めるのもこの頃だ。

「鮭っていっても色々あるよね。秋鮭、時知らず、銀鮭、紅鮭、サーモン……」

千春が鮭に思いを馳せて指を折って数え上げていく。

雪緒がそっと手を挙げて尋ねた。

「あの、秋鮭と時知らずは同じ種類の鮭で、時期によって呼び名が違うんですよね。すみません、あとは違いがはっきりわからないんですが……」

ちなみに時知らず、時鮭といえば、夏に沿岸で獲れる鮭を指す。脂のりでいうと時知らずが良いのだが、やはり秋鮭はいくらの存在が嬉しい。それにあっさりした身も雪緒は好きだ。

「今日本国内で出回っている銀鮭は主にチリとかの養殖物で、紅鮭はロシアとかアラスカとか北の方で獲れる天然物の鮭、トラウトサーモンはニジマスを海で養殖したもの、アトランティックサーモンは大西洋で獲れる鮭だね。キングサーモンは北太平洋を回遊していて、ロシアとかアラスカとかカナダとかで獲れる。ちなみに秋鮭や時知らずは白鮭と呼ばれる鮭だよ」

「それぞれ出自が違うんですね」

「そう。面白いよね。こんなにたくさんの鮭が流通しているっていうことは、それだけ日本で鮭やサーモンが多くの人に愛されている、必要とされているということなんだろうね」

さて、それでは自分が食べたおにぎりの鮭はなんだったのだろうか。雪緒は二十年以上前の記憶を掘り起こした。

「塩鮭ではあったと思うんですけど、その中のどれかはわからないですね……」

「塩蔵はどの種類でもできるからね。一般的なのは、銀鮭、秋鮭、紅鮭かな。二十年前というともうチリ産の銀鮭も出回っていると思うよ。どれも美味しいよね」

「その時々でお手頃なものとか、手に入りやすいものとかを使ったのかもよ。塩鮭のほぐし身が瓶詰めになってたりとかするし」

「そうだねえ、特定のどれってわけじゃないかもね。鮭のおにぎりが必ずあったってことは、鮭好きなのかな、お母さんかお父さんが」

「うーん……？」

そう言われてみて、雪緒は首を捻った。確かによく食卓には出てきたから家族に嫌いな人はいないだろうが、誰かの好物だったという印象はない。

「じゃあ、雪緒さんの好物？」

「えっ」

と思わず聞き返してしまった。鮭は子どもの頃から好きだが、自分の好物をそんなに集中的に作ってくれていたという想像はしていなかった。いや……考えてみれば、自分は昨日親に対してあまりに辛口だったのではないだろうか？

「そっか……そうだったのかもしれませんね」

自分の前に置かれたお茶を見つめる雪緒の様子を見て、ユウは微笑んだ。

「年月を重ねて初めて気付くこともあるよ。雪緒さんは、ご両親にどんなふうにお弁当を食べて欲しい？　ご両親に伝えたいことはあるかな？」

「両親に……」

両親に自分の仕事や考えをわかって欲しい。最初はそう思っていた。

だが、それはたぶん甘えなのだろう。

親も大して雪緒を理解しようとしてはいないだろうが、雪緒だって同じだ。家族だろうとなんだろうとわかり合えない人間はいるが、そもそも雪緒はわかろうとしていないのだ。前回の話し合いが失敗に終わったのも今ならわかる。互いに理解しようとしていない人間同士の話し合いなんて虚しいものだ。

これは、薫が用意してくれた、相互理解の場……なのかもしれない。薫が意識しているにしろ、いないにしろ。

「両親には……感謝と、私は大丈夫だよということを伝えたいです。それに、純粋に食事を楽しんで欲しいです」

雪緒はそう言って、顔を上げた。ユウも千春も雪緒の言葉を待ってくれている。

「また親とピクニックに行くのはどうかなと思うんです。円山公園に、お弁当を持って。私が忘れている思い出を教えてもらえたらいいなと思います。そうしたら、両親の考えていること、もっとわかるかもしれないから……」

「そうだね。わかり合えたらいいよね」

ユウはどこか寂しさを滲ませた顔をしていたが、千春はそのユウのことも力づけるような笑顔で言った。

「行楽弁当ってことだね。楽しみだねえ、何作ろうねえ」

ユウは千春の笑顔を見て、ほっとしたような顔で微笑んだ。

しばらく呼び出し音が続いた後、マリエが電話に出た。父と母でいうとどちらかというと母の方が同性の分話しやすい気がするが、母の方が苛烈な性格なので苦手意識も強かった。

緊張を感じさせない声音から、母がすでに職場を出ていることがわかった。

「お母さん。今時間いい？」

『大丈夫よ』

ドアを閉める音が聞こえる。車に乗ったところなのだろう。

「今度のくま弁のお弁当なんだけど、行楽弁当にしてもらうから円山公園に行かない？」

母は思いのほか乗り気そうだった。

『あらあ、いいじゃないの。久しぶりに少し散策したいし、今ならまだそこまで寒くないものね』

「よかった。お父さんにも伝えておいてね」

『いいわよ。それじゃあね、これから帰るところだから』

「うん、気を付けて帰ってね」

『まだあなたに心配されるほどおぼつかない運転はしてないわよぉ』

やはりマリエは一言多く、しかし雪緒は千春とユウの顔を思い出して、声に出さず少し笑った。これでこそ母という感じもしたし、逆に言えばマリエは自分の衰えに敏感になっているのかもしれない。見た目はびっくりするくらい若々しいのに。

「何、誰かにそんな心配されてるの？」

マリエは、別に、とすぐに否定の言葉を口にしたが、それに続いて言ったのは肯定の内容だった。

『……ただね、お父さんが最近うるさいのよ。若い頃より判断力も落ちていくんだから気を付けなさいってね。ちょっと年上だからって年寄り扱いされたくないわあ』

「大事にされてるからだと思うよ」

『それはわかってるわよ。あなたも気を付けなさいよ！　まだあの古い車乗ってるんでしょう。じゃあね』

雪緒が返事をする前にマリエは電話を切った。雪緒は突然切れた通話に驚いてしまった。惚気（のろけ）のようになって、母も照れてしまったのだろうか……。

しかしとにかく、最後まで丁寧語にならず伝えられた。

雪緒は細く息を吐いてスマートフォンをしまった。

それから、九月の夜の冴え冴え（さざ）と澄んだ空気を吸い込んで、自宅マンションへ向かって歩き出した。

傍らの国道を行く車が、ライトで路面を照らして滑るような速さで駆け抜けていく。

配達予定日は、少し先。再来週の土曜日だ。

雪緒はいつの間にか自分が心持ちゆっくり歩いていることに気付いた。怖じ（お）気づいているのだと思って、大股（おおまた）で一歩前へ踏み出した。

雪緒は正午の少し前に円山公園の第二駐車場で車を降りた。

よく晴れて、気温も高めだ。風は爽（さわ）やかだったが、円山原始林と北海道神宮が擁する鎮守の森に挟まれて吸う空気は、やはり湿った緑と土の匂いがした。

円山は標高二二五メートルの低山で、かつてはアイヌの人々によってモイワと呼ばれていたが、後に開拓した和人によって現在の名称で呼ばれるようになり、同時にこの一帯のことも円山と呼ばれるようになった。

円山公園は明治期に作られた円山養樹園を前身とした公園だ。北海道神宮に隣接し、野球場、競技場、テニスコートを擁し、さらに戦後には円山動物園が作られ、昔から市民の憩いの場として親しまれてきた。

札幌の中心地からも近い。大通駅からなら地下鉄でたったの三駅、五分で円山公園駅となる。駅で降りたら後は徒歩五分だ。

第二駐車場から待ち合わせ場所までは少し歩く。荷室には籠が一つ。方形の大きな竹籠弁当で、三段になっていて持ち手がある。雪緒はその持ち手を摑むと、重みを感じながら、駐車場を抜け歩道に出た。

北海道神宮の木々を眺めながらしばらく下って、円山公園側へ抜けていく。

十月に入ったばかりではあったが、黄色く染まったカツラからは甘い秋の香りが漂い、桜の葉も紅葉が始まっていた。円山公園や北海道神宮境内は桜の名所として知られているが、四季折々の自然を楽しめる場所だ。鮮やかに黄葉したカツラの葉を持った親子とすれ違った雪緒は、微笑ましくなって振り返って見送った。

「雪緒」

名前を呼ばれて雪緒は我に返り、視線を前方へ戻した。

少し先の芝生に、マリエがレジャーシートを敷いて姿勢良く座っていた。長袖（ながそで）長ズボンに歩きやすそうな靴、帽子という格好で、トレッキングの途中といった装いだった。マリエの隣に座っていた弘海も似たような格好で、こちらはもう靴を脱いでレジャーシートの上であぐらを掻（か）いている。

遊歩道に出てこちらに手を振っているのは、薫だ。

雪緒は弁当が斜めにならないよう気を配り、慎重に、できる限りの速度で竹籠弁当を運んだ。

「お待たせして申し訳ございません。行楽弁当四名様分、お持ち致しました！」

自分の仕事を知ってもらうために普段通りの対応を心がけたが、つい気持ちが乗ってしまって大きな声になる。緊張していたし、不安もあったが、前向きな気持ちも抱いていた。

弁当は、薫と雪緒の分も合わせて四人前用意するように言われていた。

「どちらに置きましょうか？」

「ここに置いて」

マリエの指示したシートの上に竹籠を置き、一段ずつ並べる。座っていた弘海が興味深そうにしげしげと眺めた。

「竹籠か」

「行楽弁当とのことでしたので、こういった雰囲気のものも野趣に富んで良いかと思いました」

雪緒は普段、客に対してするのと同じように説明した。

一段目は海老しんじょのあられ揚げ、松風焼きの串、ブリの味噌漬け焼きなどに菊花蓮根と金紙玉子で巻いたカニの酢の物を添えて。二段目は季節野菜の吹き寄せ、三段目は鮭の炊き込みご飯をおにぎりにしたものに銀杏の松葉刺しを添えている。紅葉にんじんや栗の渋皮揚げが季節感を盛り上げる。しかもまだ温かい。ユウは冷めても美味しく食べられる気遣いをしているだろうが、出来ることなら温かいうちに食べて欲しい。それがくま弁の売りでもあるので。

結局、ユウたちは鮭の炊き込みご飯のおにぎりを中心とした献立にしてくれた。おにぎりに絡めて、雪緒が子どもの頃の話題に触れられると考えたのだ。最近の好きなものではなく、あえて二十年前のお弁当を思い起こせるように。

「お料理のご説明をしてもよろしいでしょうか」

「まあ、いいから座りなさい」

そう言ってマリエは自分と弘海の間辺りを手で叩いた。まだ弁当は一瞥もしていない。

雪緒は料理の説明をしたりお品書きを渡したりするタイミングを逃して少し躊躇したが、結局靴を脱いで帽子を取り、親の間に挟まった。向かいには薫が座った。

「美味しそうだね！　この卵の中のって――」

不穏な空気を察したのか、薫が明るく話しかけてきたが、母は無視した。

「あなた、お見合い本当に受けないの？　プロフィール見た？　すごく良い人でしょう」

まず弁当を食べ始めるものと思っていた雪緒は、いきなりその話を振られて動揺してしまった。

「えっ……お断りしてないの？　まだ？」

口調にも声にも、完全に娘としての素が出ていた。

「したけどね、もう一度考え直してくれないかって。あなたのこと結構気に入ったみたいよ」

「いや……気に入ったって、写真とプロフィールだけでしょう……」

「でも、ほら、趣味とか合うって言ってたのよ」

趣味……自分の趣味を親がプロフィールになんと書いたのか雪緒は知らなかった。親はそもそも雪緒の趣味をなんだと認識しているのだろうか。

「趣味って……」

「旅行」

「うーん……」

旅行は嫌いではないしよく行く方だが、どちらかというとドライブが主目的だ。たとえば鉄道やバスでの旅が好きな人とは、趣味が合うとは言いがたいかもしれない……。

「とにかく、私は結婚する気はないので……」

「でも、さっきだって小さな子見てたでしょう」

「え？」

マリエは遊歩道を指差した。すでに親子は遠ざかって見えなくなっている。確かに雪緒は振り返って彼らを見ていたが、その様子を目撃されていたとはうかつだったかもしれない……。いや、別に雪緒としては子どもが欲しいから見ていたというわけではないのだが。

「可愛い子だったわねえ」

「それは……そうなんだけど……」

「幸せそうな親子だったじゃないの」

「そう……そうなんだけどさ……別に私は自分の子が欲しいから見ていたわけじゃないんだよ」

「じゃあどうして見ていたの」

別に子どもが欲しい人ではなくとも、可愛いなと思って子どもを眺めていることはあると思うのだが。

「可愛いなって……それにほら、子どもの頃のことを思い出したんだよ。お父さんとお母さんとよく円山公園に来たでしょう」

「ああ、あれな」

黙って弁当を眺めているだけだった弘海が突然反応した。

「おまえ、すごく泣いてもう二度と来ないって言ってたんだぞ」

「なん……なんで？」

　雪緒が思い出せたのは楽しいことばかりだった。混乱した雪緒は聞き返し、弘海は水筒から紙コップにお茶を注いだ。熱そうな湯気が立ち上っていた。

「ほら、俺に置いていかれたって大泣きしただろう。戻ってきたらまだ泣いてて、凄かったなあ、あれは」

「大変だったんだから、笑い話みたいにしないでよ」

　マリエは不機嫌そうだ。そもそも雪緒はなんの話かわからない。

「置いていかれた？　お父さんに？」

　弘海はお茶を一口飲み、湯気の向こうで答えた。

「島判官の銅像を探していたんだ。場所を間違えてて、境内にあったの忘れててな……いやあ、何度も見たはずなのに、忘れるもんだな。石碑の近くにある気がしていた」

「待って、あの……」

「島義勇。知らないか？　明治期に札幌の都市開発を指導した人だぞ」

「いや、そうじゃなくて……島……さんの銅像を探して、私を置いていったの？」

「その日はお父さんの日だったから、お母さんにおまえを任せて散策してたんだよ」

　父子の話が通じていないことに業を煮やしたのか、母が口を挟んできた。

「お父さんとお母さんで、かわりばんこにあなたを見てたのよ。ほら、小さいから一人にしておけないけど、お父さんとお母さんも一人の時間が必要でしょう。それで、ここはあなたを遊ばせておくにもよかったし、なんなら大通駅まで戻ってショッピングもできたし、散歩もできたし、ちょっとした登山もできたし……そうそう、お父さんなんてここから休日出勤してたわよ、近いし。覚えてないの？」

「お弁当を食べて、遊んでたことしか……」

「ならよかったわ。三人とも楽しかったんだから」

「……うん」

勿論その通りなのだが、雪緒は自分のために親がそうしてくれていたと思っていた──いや、実際そうだったのだが、そこには親側の都合もあったのだ。

「ね、姉ちゃん、大丈夫？」

薫が心配そうにそっと声をかけてくれた。雪緒は頷いた。

「うん。自分の視野の狭さにびっくりしただけだから……」

「そうなんだ……？」

「あ、お母さんもお父さんも、お弁当を食べようよ。今日のお弁当はね、鮭のおにぎりを用意してもらったんだよ。私が小さい頃、よく作ってくれたでしょう」

雪緒は気持ちを切り替えてそう誘ったのだが、今の話が呼び水になってしまったのか、親の話は止まらなかった。

「それより、ねえ、自分の子どもはもっと可愛いのよ」

「そういえば、島義勇なんだがな、退官後に故郷で佐賀の乱を起こして……」

「あら、あなた、それ今関係あるの？」

「関係あるぞ、雪緒の今後の人生の話をしているんだからな」

雪緒は弁当を見つめた。外はかりっ、中はふんわりと揚がった海老しんじょ、ちりばめられたにんじんの紅葉、黄色が鮮やかな銀杏、厳めしい渋皮の中に隠されたほくほくの栗。そして、秋鮭の炊き込みご飯のおにぎり。小口切りにした万能ネギと針生姜が混ぜ込まれている。冷めてもきっと美味しい。

でも、せっかく温かいうちに持ってきたのに、と思ってしまう。

竹籠の容器は通気性も吸湿性も良いので、温かなおにぎりを入れても美味しく持ち運べる。竹製を選んだのは行楽弁当としての雰囲気作りもあるが、そういう実利的な面もあるのだ。

色々な料理をどれが冷めるということもなく、温かなものは温かいうちに、冷たく食べて欲しいものとは隣り合わないように、詰めるときも気を遣ってくれていたのに。

「お料理のご説明をしてもよろしいでしょうか」

先程も言った同じ言葉を雪緒は繰り返していた。顔を上げると、両親はさすがに意外そうな顔で雪緒を見やった。

「待ちなさい、今大事な話をしているのよ。あなたのことなんだから」

「別にお父さんも世間の目を気にしておまえに結婚を勧めているわけじゃないんだ。ただな、人生なんて何が起こるかわからないんだから、今できることをだな」

「お弁当、温かいうちの方が美味しいと思います」

「お弁当なんて今はいいでしょ、あなたの話なのよ」

　そこでようやく雪緒も気付いた。両親がお弁当を注文したのは、雪緒をもう一度呼び出して、人生設計について話し合うためだったのだ。お弁当はいわば雪緒を呼び出す出汁に使われただけだったのだろう。

　感謝と、安心して欲しいという想いを伝えたかったのに、まったく、それどころではなかった。

　ユウも、千春も、雪緒を励まし、色々と考えて作ってくれたのに。

　何一つ、この両親には伝えられない。

　だって彼らはそもそも食べようとさえしないのだ。

「わかりました」

　雪緒はそう言って立ち上がった。両親はともに怪訝な顔で雪緒を見上げる。

　決して怒りを外に出さないよう意識して抑制の効いた声を出していたが、それでもおそらく感情は漏れ出ていた。親の顔を交互に見下ろし、硬い声で雪緒は言った。

「私がいると私の話をしなくてはならずお忙しそうですので、私は店に戻ります。これで失礼します。ごゆっくりお楽しみください」

「姉ちゃん」

　薫が焦ったような声を上げていたが、弟には申し訳なく思いながらも、雪緒はさっさと靴を履いて彼らに背を向けた。

「容器は後で取りにきます！」

それだけ言い残し、来た時よりかなり大股に遊歩道を歩いた。

まだ手に摑んだままだった帽子に気付いて、深く被り直し、その間も決して立ち止らなかった。

❄

雪緒を見送ったマリエは、怒っているというよりは、心底呆れているような口調で言った。

「なあに、あれ」

弘海は首を捻っている。

「どうしてあんなに頑ななんだ」

「そりゃ……」

親との関係にずっと悩んできた雪緒が、家庭を作ることにあまり良いイメージを持っていないからじゃないか、と薫は思ったが、さすがに口にはしなかった。条件でいえば同じ親に育てられた薫も同じなのだが、何しろ姉弟といっても性質が違うので、薫はもっと気楽に考えていた。薫から見ると、雪緒は真面目過ぎるのだ。

「お父さんがあんな話を出すからじゃないの、島なんとかって……」

マリエに言われて、弘海は顔をしかめた。

「島義勇か？」

「長話になりそうだったじゃないの」

「二人とも、そうじゃなくてさ……」

薫はどう話したらいいのか考えあぐねて天を見上げた。秋晴れの空は澄み渡って、黄葉したカツラの葉が視界のいくらかを占めている。鳥が一羽飛んでいった。

ふと思い出して、薫は雪緒がいた辺りを見やった。彼女はいつも丁寧に書いたお品書きを添えてお弁当を渡してくれる。今回も作ってきたはずだ。

果たして、雪緒がいた場所に、二つ折りの和紙があった。

手を伸ばして取ると、やはりお品書きだった。内容に目を通していると、弘海がぼそりと呟いた。

「雪緒がああいうの、珍しいなあ」

「……そうねえ」

マリエもそれに同意した。

「反抗期もないような子だったものね」

雪緒が思春期の頃、薫は保育園か小学校の低学年だ。薫も当時のことをはっきりと覚えているわけではないが、忙しい両親の代わりに部活帰りの雪緒が薫のお迎えに来たり、簡単に夕食を作ったりもしていて、反抗期どころではなかったのかもしれない。

「何読んでるの、薫」

マリエに声をかけられ、薫はお品書きを差し出した。

「ああ、お品書きね。あら、この鮭の炊き込みご飯のおにぎりって美味しそうね」

目の前に蓋を取った弁当があるのに、マリエはお品書きを見て初めて気付いた様子でそう言った。

「鮭のか、これだな」

弘海は三段目に収まっていた鮭のおにぎりを指差した。お品書きには旬の秋鮭を焼いて土鍋で炊いたと書いてあった。

マリエはお品書きを少し遠ざけて、ピントを調節して、他より小さな文字を読み上げた。

「ええと……『私が子どもの頃、よくお弁当に鮭のおにぎりを作ってくれましたね。私はあれが大好きでした。よかったら、私の知らない思い出を教えてください』」

あら……と呟いたきり、マリエは絶句してしまった。

随分経ってからぽつりと呟く。

「あの子も可愛いこと言うのね……」

横からお品書きを覗き込んだ弘海が言った。

「鮭の話も書いているな。どれ……」

「あら、私が今読んでるのよ」

「あの、二人とも、よかったら俺が読むよ」

　薫が申し出ると、マリエはお品書きを渡してくれた。弘海は少し不満そうだった。

　薫は一度深呼吸をしてから読み上げた。

　――鮭は生まれた川に必ず戻ってくると言われていますね。その川が自分が育った頃とは違うかもしれないのに、自分が育ったように子どもが育つ環境とは限らないのに戻ってきてしまうのは、正直不器用だなあと思ってしまいます。でも、そんなふうに迷わず生まれた場所を目指す彼らに対して、私は憧れも抱いています。今の私は迷ったり、同じ場所を巡ったりしているところなので。お父さん、お母さんが心配してしまうのもわかります。

　――でも、今日は純粋に食べることを楽しんで欲しいなと思います。私への心配も、不満も、今はひとまず置いて、同じ時間を共有できたらいいなと思うのです。

　薫が読み終えてからしばらくの間、マリエも弘海も黙っていた。

　思うところあって黙り込んだ二人を見て、薫もようやく何か伝わったのだろうかと安堵した。

「それじゃあ、冷める前に食べ……」

「待って。雪緒ともう一度話しましょう」

マリエは真剣な声で言った。薫は思わず、えっ、と聞き返していた。

「一緒に食べたいって書いてるでしょう」

「そうだけど、でも、それだとさらに食べるのが後になって、それは姉ちゃんの本意じゃないと思うけど。それに、話すって言ったって何を話すのさ。物別れに終わったでしょ……」

「でも、これって雪緒は私たちと分かり合いたいってことよ」

「いや、そうだとしても、そもそもそれが失敗したから姉ちゃん行っちゃったんだよね。話し合いって言ったって、母さんたちに譲歩する気がないと、同じことになるだけでしょ。せめて時間を置いて、お弁当でも食べて考え直して……」

でも、とマリエはまた繰り返した。

「こんな文章読まされて、放っておけないわよ」

マリエはもどかしそうな顔でお品書きを見つめている。

雪緒が親を苦手に思っているのは、マリエたちも認識しているだろう。それでも食事をともにしたいというのは、マリエの言う通り『分かり合いたい』ということにも思えるが、どちらかというと薫は、雪緒は『分かち合いたい』のではないかと思った。価値観を理解し合えなくとも、人はともに過ごすことができる。食事と時間と空間を分かち合うことで、彼らは家族になってきたのだ。

「……そうだな、一緒に食べよう。それに雪緒に言いたいことができた」

弘海までそう言い出した。もう両親を止められないことを悟って、薫は雪緒のために出来ることを考えた。

「……じゃあ、せめて、姉ちゃんに会う前に会って欲しい人がいるんだ」

「どういうこと？」

「今日、この後会ってもらおうと思ってたんだ。予定が少し早まったから、連絡して、会えるか訊いてみるから待っててよ」

薫は話しながらスマートフォンを取り出した。連絡帳から電話番号を呼び出して電話をかける。

少し話してから、薫は通話を切って胸をなで下ろした。

「行けるって。店に移動しよう。そこで話せるから」

それから薫はまだ温もりを保っていた竹籠に蓋をした。勿体ないなとは思ったものの、こうなっては仕方ない。

シートを畳んで水筒をしまい込むと、両親もそれぞれ立ち上がった。

料理が詰まった竹籠は、薫の腕にもずっしりと重く感じられた。

姉は、自分より細い腕で、これを運んできてくれたのだ。

薫は、揺らしたり、斜めにしたりしないよう、慎重に持ち運んだ。

くま弁の裏手に軽バンを停めて、雪緒はしばらく運転席に座っていた。

親がどういう人間かなんてとっくにわかっていたはずなのに、放り出してきてしまった。ユウと千春が気を配ってメニューを決め、時間と手間をかけて作ってくれた特製の行楽弁当なのに、雪緒と両親のためにと作ってくれたのに。

申し訳なさで立ち上がれない。

雪緒がもっと上手に話を運べたら。両親の気持ちを弁当の方に誘導できたら。あの時親子連れを見たりしなければ。

とんとんと運転席横の窓を叩かれて顔を向けると、千春が立っていた。

千春は心配そうだったが、雪緒と目が合うと微笑んでくれた。

雪緒はドアを開けて外に出た。

「具合悪い？　大丈夫？」

「大丈夫です。……すみません」

雪緒は一瞬言葉に詰まったが、すぐに堰を切ったように話し始めた。

「……私、両親のところから逃げてきたんです。なかなか食べてもらえなくて、我慢できなくなって、子どもみたいに。すみません、折角作ってもらったのに」

「いいよいいよ、届けてきたんでしょう！　それで十分でしょ！　あとはご両親が食べてくれればそれでいいんだから」

千春の声の明るさに、雪緒は驚いて目を上げた。千春は励ますためではなく本気でそう思っているようだ。驚く雪緒を見て、千春は意外そうに言った。

「どうしたの？　だって、雪緒さんのお仕事は配達だよ。後は野となれ山となれ！　って精神でいいんだよ」

「雪緒さん」

声にそちらを見ると、ユウが勝手口から顔を覗かせていた。

「お客様来てるよ」

「…………えっ!?」

雪緒は混乱し、両親がもう追いかけてきたのかと一瞬考えて、すぐに否定した。さすがに早すぎる。自分だってさっき着いたところだ。

ただ、ユウが穏やかに微笑んでいたので、よくわからないがきっと大丈夫なのだろうと足を踏み出した。

ユウが言う『客』は三人いた。一人は雪緒とも親しい若菜、常連でよく雪緒が配達する雉村（きじむら）、それに粕井だ。彼らは休憩室に通されていて、雪緒がやってきたのを見て口々に声をかけてきた。

「雪緒さん」

「随分ゆっくりですね。こっちは急いで来たんですよ」

「あっ、あの……」

粕井が立ち上がって出迎えてくれた。若菜は雪緒を手招きして、隣の座布団を勧めてくれる。雪緒は勧めに従いながらも、集まった三人の顔を順に見た。

「今日は……あの、どういったご用件でしょうか？」

「まあ」

本当に驚いた様子で雛村が眉を顰めた。

「どういったって、あなたの用件で来たんですよ」

「あっ、ごめん、雛村さん。雪緒さんには話してないと思う……」

若菜が雪緒と雛村双方に申し訳なさそうに言った。

「本人に言ってないんですか？」

雛村が呆れた顔をした時、玄関で呼び鈴が鳴った。

「はーい」

千春の声とともに、ぱたぱたと軽い足音が廊下を駆け抜けて行く。また自分への来客か、と身構えた雪緒は、廊下に顔だけ出して玄関を覗った──。

「突然申し訳ありません」

声を聞いた瞬間、雪緒は廊下に転び出た。本当に転んで膝を突き、結構大きな音を立てたので、母たちの視線を集めるには十分だった。

　そう、くま弁の狭い玄関にマリエがいた。奥には薫の姿も見える。たぶん弘海はマイペースに店の看板でも見ているのだろう。

「雪緒！」

　母は鋭く叫んだが、咳払いをして言い直した。

「雪緒、突然帰ってしまってびっくりしたわ。まだ話が途中だったでしょう」

　これ以上話したって平行線になってしまう。雪緒はまだ娘の意見を変えることができると考えているらしい母を前にして、啞然として、思わずあり得ないことを口走ってしまった。

「も、もう食べたんですか？」

　勿論、そんなわけがない。

「食べてないわよ、勿論。だってあなた、私たちと食べたいって書いてたでしょう」

　言われてすぐには何のことかわからなかった。

　呆然としたが、弟が持っているものに気付いて理解した。

「あ……お品書きを読んだんですか？」

「そう、書いていたでしょう」

「でも、私と一緒だと食べてくれないので……」

「一緒に食べましょうよ、これから」

雪緒は途方に暮れてしまった。そうしたかったと思う。だが今になってみると、そんなことは甘えだったし、結局母と父は食事にかこつけて娘の考えを変えさせたいだけなのだろうと思う。雪緒はそんな食事会をしたかったわけではないのだ……。

だが、母の肘を、薫が引いた。

「ちょっと待って。姉さんとの食事の前に、話を聞いて欲しい人がいるんだ。あの、千春さん、雉村さんたち来てますか？」

千春が答える前に、雉村がさっと廊下に姿を見せた。

彼女は背筋を伸ばし、相変わらず一分の隙もない装いと態度で、進み出てきた。

「初めてお目にかかります。わたくし、雉村と申します。お嬢様にはいつもお世話になっております」

そう切り出した雉村を前にして、マリエは意図がわからないながらも丁寧に挨拶を返し、弘海のことも呼んだ。

「あなた、こちら雉村さん。雪緒がお世話になっているそうよ」

これはこれは、とやはりどう『世話になっている』のかわからないなりに、弘海は挨拶し、千春が、ここではなんですからと朗らかに言って、彼ら全員を休憩室に通した。

休憩室は八畳の和室だ。

そこに雪緒と両親、薫、それに雉村と粕井だ。若菜はいつの間にかどこかに消えた。

ユウと千春はお茶を出してくれて、ごゆっくりどうぞ、と言って厨房に引っ込んでしまった。

両親とちゃぶ台を挟んで雉村と粕井が向かい合い、粕井と弘海に挟まれて薫、雉村とマリエの間に雪緒が座った。テレビやテレビ台、飾り棚などが置かれて結構狭い。

「えーと、父さん、母さん、こちら雉村さん。雪緒がよく配達しているお客様です。お隣の粕井さんは、やっぱりこの店の常連さんで、二人とも雪緒のことについてお話ししてくれます」

粕井は薫から紹介されて頭を下げた。

「粕井と申します。あの……雪緒さんには、以前から配達してもらったりしていたんですが、先日は私の甥のせいで雪緒さんにご迷惑をおかけして……」

「いっ、いいです、粕井さん、その話は……」

雪緒は思わず粕井の話を押しとどめた。

「えっ、しかし、謝罪をと……あと、雪緒さんの仕事ぶりについてお伝えできるかと……」

「いえ、しかし、色々と……お恥ずかしいので……」

粕井の話を突き詰めると、彼が雪緒に好意……を抱いてくれているという話に繋がってしまう。粕井にその話をするつもりがなくとも、マリエは興味を抱いて聞き出そうとするかもしれない。この話は避けた方がいい。

「あの、すみませんが……」

雪緒にそう言われて、粕井は引き下がってくれた。

「……わかりました。とにかく、雪緒さんは真面目な方で、私が以前会社から夜食の配達をお願いした時も、私が気付いていないところまで気遣いしてくださいました。私みたいに雪緒さんに感謝してるお客さんは他にもいますよ。今日ここに来られたのが私たちだったというだけなんです」

「そうですよ。わたくしのお友達なんて、あんまり外出しないものだから、雪緒さんのお品書きで季節を感じたりするんですって。ここでは雪緒さんは人気者なんですよ」

雉村がそう言って自然に話を継いだ。

「わたくし、雪緒さんには毎週お弁当をお届けしていただいておりますの。そのたびに、雪緒さんはお品書きを手書きして届けてくださるんですよ。すべて写真に撮ってありますので、ご覧になっていただけませんか？」

ええっ、と大きな声が出そうになって、雪緒は開きかけた口を閉じた。

雉村はスマートフォンを操作して、写真をマリエと弘海に見せた。

雪緒も首を伸ばして覗った。確かに雪緒が書いたお品書きだ。一読後は捨てられていると思っていたお品書きがすべて写真に収められて残されている。

「これは桜の季節の時。ほら、花びらが入っているんですよ。それに去年の秋には黄葉した銀杏(いちょう)の葉も。体調を気遣ってくれたものもありますし、あら、わたくしの髪型を褒めてるのもありますね。やだわ、褒められたからいい気になってお嬢様を擁護しているわけじゃあございませんよ」

　そう言って一枚の写真に目を留めた雉村は目を三日月のように細めて上品に笑った。

「それに、これはわたくしが差し上げたお野菜で、お弁当を作ってくれた時のものです」

　懐かしそうな顔だった。考えてみればもう二年近く前のことなのだ。

「雪緒さんは、わたくしが倒れた時、救急車を呼んで、助けてくださったんです。ほんの小さなことから気付いて……命の恩人です。それに、こんなに偏屈なおばあちゃんのわたくしに、とても良くしてくれるんです。本当に感謝しているんですよ」

　雉村は配達を始めた頃に比べてかなり柔らかい態度で接してくれるようにはなっていたが、それでもここまで真っ直ぐに褒められたことはなかった。

「雉村さん……」

　ところが、雪緒が感極まって声をかけると、雉村は眉を顰めた。

「別にあなたに話したわけじゃないんですよ。ご両親にお話ししてくださいと薫さんから頼まれたから、こうして説明申し上げているんです」

「あ、弟に？」

　薫は雪緒の仕事ぶりを説明してもらうために、雉村たちを呼んでくれたのだろう。ようやく事態が呑み込めて、雪緒は薫を見やった。薫はどこか照れた様子で、視線を逸らしてしまった。

　薫がそっぽを向いたまま言った。

「第三者から説明された方がいいと思ったんだよ。雪緒がどんなふうに仕事しているのか、父さんたちだってよくわかってなかっただろうし、かといって雪緒に説明されても話半分で聞き流しそうだし」

粕井が補足してくれた。

「本当は、雪緒さんたちの食事会の後でご両親にお会いして、お話ししようという話になっていて、出番が来るまで近所でお茶してたんです。でも、薫君から、今から来て欲しいと言われて」

「そうでしたか……」

予定が早まったのは、話し合いの結果がああなってしまったからだろう。もう一度雪緒と会わせる前に、両親に雪緒についての評判を教えて、多少なりとも考えを変えさせようとしてくれたのだ。

結果はどうなのだろうか。雪緒は不安を抱いたままマリエと弘海の様子を覗った。

マリエは雉村の写真を見て黙り込んでしまって、時折何か言おうとするものの、結局口を噤(つぐ)むということを数回繰り返していた。弘海の方は興味深そうに写真を眺め、何度も頷(うなず)いていた。

「雪緒」

雉村からたっぷりと写真を見せてもらった後、弘海が雪緒を見やって、口を開いた。

「頑張っていたんだなあ」

雪緒は父を見返し、少なからぬ衝撃を受けて固まっていた。

ただ、うん、と小さな子どものように頷いただけだった。

それでもまだ黙っているマリエに、雉村が話しかけた。

「ご両親が、雪緒さんのことを心配していると伺いました。お父様お母様のお気持ちもわかるつもりです。わたくしにも娘がおりますが、自立させようと厳しくしつけて、そのあまり、何年もずっと疎遠になっておりました。後悔してももう遅いと思っておりましたが、雪緒さんと話す内に、わたくしも自分を見つめ直して、これでも娘に変わったねと言ってもらえるようになったんですよ。親にとって子はいつまでも子で、心配の種ではありますけれど、その執着を手放すことこそ、子離れというものなのだと思います」

マリエは、雉村の皺の刻まれた顔から逃れるように視線を彷徨わせ、ややあってから、目を合わせて微笑みを浮かべた。どこか誤魔化すような笑みだった。

「人生の先輩にそう言われてしまいますと……」

「まあ、そんなふうにおっしゃらないで。たかだか歳を取っただけの人間です。どうか、あなた自身のお考えで決めてください。ただ、わたくしは雪緒さんに助けられましたし、雪緒さんの、そうですね、ファンなのです」

ファン……。

雪緒が唖然としているのを見て、雉村は批判的に眉を顰めた。

「何か言いたいことがおありでしょうか、雪緒さん」

「いえ……あの、感動して泣きそうになっているだけです」

実際に泣きそうだったのだ。鼻の奥がつんとして痛くて、堪えていなければ涙が零れそうだった。

「大げさね」

雛村は照れ臭さからというよりは、呆れのために笑った。

しばらく黙って考えた末、マリエは雛村と粕井に顔を向けた。

「……大変ありがたいお話を伺いましたが、言ってしまいますと、皆様は雪緒の家族でもなんでもありませんし、だからこそそうやって気軽に褒められるのではありませんか？　私たちは違います。そんな無責任なことは言えません。この子には、幸せになって欲しいんです。今が良いだけではなくて、将来も、穏やかに暮らして欲しいんです。そのためには、今本意でなかったとしてもすべきことがあると思います」

「今わたくしたちがお話ししているのは、雪緒さんはここでよくやっていらっしゃるということですよ」

慈しむような微笑みを浮かべて、雛村は語りかけた。

「雪緒さんは優しい女性ですね。よくお育てになりましたね」

ハッとした様子でマリエは雛村を見て、すぐに否定するようにかぶりを振った。

「私は……何も」

「何も？　それじゃあ、これからも放っておいても大丈夫ですよ！」

そう言って雉村はほほほと笑った。

マリエは初対面の相手にそんなことを言われるとは思っていなかったのだろう、呆気にとられていたが、やがて、ふふ、と声に出して笑った。

笑ううちに俯いて、長く息を吐いてから、マリエは急に姿勢を正して、雉村と粕井に頭を下げた。

「ありがとうございます」

言葉ではいくらでも言えると思っていたが、マリエのこんな声を雪緒は聞いたことがなかった。感極まったような声に聞こえて、まさか、と思った。こんなことで母が泣くとは思えない。騙されないぞ、と別に相手にだって騙す気がないだろうに思ってしまう。

雪緒、と名前を呼ばれてびくりと震えた。

雪緒を見つめるマリエは本当に潤んだ目をしていた。睫が湿っている。

それなのに、彼女はまるで泣いたり、心動かされたりなどしていないかのように、堂々と振る舞った。

「よかったわね、雪緒。こんなに言ってもらえて。あなた、大事にしてもらってるのね」

それでも、動揺の余韻を残した声はまだ震えている。

「はい……」

雪緒は、呆気にとられてそう返事をしただけだった。

もしかしたら、本気で、母は雉村たちの話に心動かされて、雪緒のことを少しは認めようという気持ちになったのではないか――いや、そんなふうにわかってもらいたい、認めてもらいたいなどという気持ちがいつまでもあるからうまく意思疎通さえできないのだ、と考え、雪緒は知らず唾(つば)を飲み込んでいた。

「あの、お母さん」

「でもね」

そうマリエは言った。でもとはつまり逆接だ。よかったわね、からの逆接で何を言われるのかと、雪緒は腹から冷えた。

「お父さんが、お話があるそうよ」

「え」

そこでさっきから物わかりよさそうに控えていた父が出てくるとは思わず、雪緒は意表を突かれる。

見ると、弘海は雪緒が書いたお品書きを薫から受け取り、ちゃぶ台に置いた。

「あのな、雪緒」

「はい」

「鮭は、絶対に生まれた川に戻るわけじゃないぞ」

はい……と返事をしてから、もう一度、はい？　と聞き返した。

弘海は、ちゃぶ台に置いたお品書きを開いて雪緒に示しながら説明した。

「生まれた川から卵や稚魚の状態で別の川に移してやると、生まれた川じゃなくて放した川へ戻ってくるんだ。あと、少ないが違う支流や川に迷入する個体もいる」

「はい……」

「つまり、中途半端な知識をそのままにしておくのはよくないということだ。自分では常識だと思っていることでも、データや何かに当たると印象と違うことはよくある。お品書きを書くならその前に調べなさい。情報は正確に扱うべきだし、発信するならなおのことだ」

はい、と雪緒は頷いた。まったくもって弘海の言う通りではある。普段ならよく調べて書いていたと思うが、今回は自分の心情を表現することに重きを置きすぎて、きちんと調べ切れていなかった。

だが、なんというか、ここで言うことか？　という気持ちが残る。

弘海は言葉を選ぶように考え込んだ後、ぽつぽつと呟くように言った。

「鮭にだって、迷って違う場所に辿り着く個体がいるんだ。母川回帰性のないおまえなら、迷って当たり前だ」

数呼吸意味を咀嚼してから、ああ、これは娘を励まそうとして言っているのかと気付いて、雪緒は、うん、と頷いた。はい、ではなく。

「ありがとう……」

弘海は、鷹揚に一つ頷いた。

粕井と雉村は、用件は済んだからと帰って行った。

「後は適当に頑張って、無理なら本格的に距離を取りなさい」

玄関の外まで見送ると、雉村は別れ際にズバッとそう言った。あまりにあけすけなので雪緒も粕井も驚いてしまった。

「それ縁を切れということですか？」

粕井に確認されて、雉村は、まあね、と頷き、鮮やかな青いショールを羽織った。

「雉村さんだって、お嬢さんとほぼ絶縁状態だったんですよね？」

粕井は切り込んで行く。雉村はじろっと粕井を一瞥した。

「そうですよ。今は時々行き来しますけれど。まあ、ご両親のお気持ちもわかりますし、それが正しかったと何年も経ってから雪緒さんが気付くという可能性もありますが、そんなの雪緒さんの心持ちと努力と運次第ですものね」

運ですか、と意外そうに粕井が聞き返す。それへ雉村は深々と頷いた。

「運は大事ですよぉ。景気だとか天災だとか時代だとか、自分一人ではどうにもならないことってありますよ。病気とか事故とかもね」

雉村はしばし自分の細い手を見つめてから、顔を上げて雪緒に目を向けた。

「わたくしの場合は単純にわたくしの責任で娘と不仲になりましたが、そうではなくて、相性で苦労する親子もいるのでしょうね。それはもう運でしょう。努力してどうにかなるものと、どうにもならないものがあります。ご両親のことであなたが頑張りすぎる必要はないんですよ」

「……はい」

雪緒は雉村と粕井に頭を下げた。

「今日はありがとうございました」

「いいんですよ、あなたにお世話になったのは事実ですし。若菜さんからも頼まれて、放っておくのも寝覚めが悪いですから」

若菜の名前が出てきて、雪緒は彼女の姿がないことを思い出した。親が来たタイミングでいなくなってから見ていない。

「若菜ちゃんが声をかけてくれたんですか？」

「若菜さんは、薫さんから雪緒さんとご両親の話を聞いたそうですよ。どうにか雪緒さんの仕事ぶりをご両親にも伝えたいと考えて、それで私たちがお話しすることにしたのです」

粕井も頷いて説明を継いだ。

「今日、雪緒さんがご両親とお会いすると聞いたので、その時に私たちもご両親にお話ししようと近所でお茶を飲んでタイミングを待っていたんです。土田さん、雪緒さんのこと心配されていて、今日も薫君と連絡取り合っていて……」

土田は若菜の名字だ。なるほど、そういえば薫は若菜と顔を合わせたことはある。あの時連絡先を交換していたのだろう。

「でも、土田さんのご両親が来る時にいつの間にかいなくなってて」

彼らも若菜がどこへ消えたのかは知らないらしい。用事でもあったのだろう。後で連絡して、お礼を言おうと雪緒は思った。

彼らを見送り、雪緒はくま弁を振り向いた。

赤い庇テントに、ユーモラスな熊のイラストが描かれている。

雪緒は胸に手を当てた。自分を強く保っていられるように。

イラストの熊はいつも通りにどこかとぼけた顔をしていて、雪緒はそれを見ていると、自分の心臓の鼓動も、心の動きも、落ち着いていくような気がした。

休憩室に戻ると、ちょうど千春が厨房からひょっこり姿を見せたところだった。

「お食事お持ちしました〜！」

千春の後ろからユウもやってきて、ちゃぶ台に二段になった竹籠の容器を置いた。蓋を取ると、中からは先程のお弁当が現れた。彩りよく詰められた焼き物や吹き寄せなどで、おにぎりはない。

「あのう、おにぎりはどうしたんですか？」

不思議そうな薫に、ユウが微笑んで尋ねた。

「今召し上がりますか？」

「あ、はい。みんなそうする？」

全員が同意するのを確認してから、ユウは、それでは少々お待ちください、と言って厨房に戻っていった。

「あ、どうぞ召し上がっていってくださいね、今準備してきますから」

ユウの後から厨房に戻る千春にそう言われて、弘海は家族を見回した。

「じゃあ……いただいてしまおうか」

弘海がそう言うと、薫も勇んで箸を取った。

口々にいただきますと言って取り皿におかずを取っていく。空腹だったらしい薫は海老しんじょを二口で食べているし、弘海は渋皮揚げを取って食べる前に北海道における栗栽培と栗の北限分布について語っている。雪緒も吹き寄せを装った。にんじんは紅葉の形で、目にも鮮やかなサツマイモの他、里芋などの根菜に、サヤインゲンの緑と銀杏の黄色が添えられている。

マリエだけが、まだ取り皿に何も装っていない。

「お母さん、何か取ろうか」

やっと丁寧語ではない言葉で話しかけられたことにホッとしながらも、雪緒はマリエの反応を待った。

だが、マリエはどこか頑なな目で雪緒を見た。

「あなたがお客さんたちに重宝されてるのはわかったけど、私たちは……私は、あなたにそういうふうには生きて欲しくなかった」

きっぱりと言われて、雪緒は目を瞠った。いや、確かにマリエは物事をはっきり言う質だったが、ここまで明確に言われたことはない。

「そう……そっか」

じわりと意味が胸に染みこんでくる。母の望みから外れていることはわかってはいたが、改めてやはりそうだったのだなと理解する。

だが、だからこそ、雪緒はやっとマリエが心を開いてくれたように感じていた。

雪緒に気を遣ったのか、気が引けたのかはわからないが、決して明確にしていなかった事柄について、マリエ自身もついに認めたのだ。

「ごめんね」

雪緒はそう言っていた。

口に入れた海老しんじょをそのままに見守っていた薫が、慌てて海老しんじょを飲み込んで、叫ぶように言った。

「雪緒が謝ることじゃない！」

雪緒は彼に向かって苦笑した。

その時、雰囲気をがらりと変えるような、朗らかな声が降ってきた。

「お待たせしました！」

千春だ。

その後ろにはユウがいて、二人ともお盆に茶碗を載せている。

ちゃぶ台に並べられた茶碗には焼きおにぎりが入っている。ユウがその上から順に出汁を注いでくれた。最後に細く切った海苔とイクラの醤油漬けをたっぷり載せれば、贅沢な茶漬けの完成だ。

冷めてしまった鮭の炊き込みご飯を香ばしい焼きおにぎりにして、茶漬けを作ってくれたのだ。

「あっ、美味いです！」

すでに薫は茶漬けをかき込んでいる。お代わりしそうな勢いだ。雪緒も茶碗を手に取った。焼きおにぎりを崩すと、秋鮭の身もごはんと一緒に出汁の中を漂う。海苔と、出汁と、焼き鮭と青ネギ、針生姜。それに炊き込みご飯のお焦げと、イクラのぷちぷち、とろりという食感。立ち上る湯気を吸うと色々な匂いが入り混じって、それだけで幸せな気分になる。

茶碗に口を付けて一口いただくと、鮭とお焦げの香ばしさの中に生姜や青ねぎが爽やかな風味を加えていて、気付くと二口、三口と流し込んでいた。

はあ、と温もりと美味しさに溜息を吐く。

冷めてしまったおにぎりが、今は出汁とともに雪緒の喉から食道を通って、身体を温めてくれている。

「鮭の炊き込みご飯のおにぎりを、お茶漬けにしました」

「あ、そっか、茶漬けだから後から出そうとしてくれたんですね……」

薫が照れたように言った。

「お好きなタイミングで大丈夫ですよ。元々お弁当としてお作りしたものですから」

「後でまたお代わりさせてください」

勿論(もちろん)です、と言ってユウは微笑んだ。

雪緒が目を上げるとマリエも茶漬けを静かに啜(すす)っていた。味わうように目を細め、雪緒と同じように溜息を吐く。

「美味(おい)しい」

それきり黙り込んでしまう。その隣で、弘海は茶漬けを完食し、一息吐いて、今度はマリエの皿に吹き寄せとブリを装った。

「さっきのお客さんたちの話を聞いていてな」

盛り付け方に苦労しながらも、弘海はマリエにそう語りかけた。

「雪緒は俺が思っている以上にちゃんとここに居場所があるんだなと思ったんだ。我々としては色々雪緒に望むことはあるが、ほら、言っただろう、島義勇。島は札幌の開発に着手したのに解任されてな、最期は謀反人として処刑されたんだ。恩赦されてからでないと、石碑も作れなかった。何が起こるかなんてわからない。我々も雪緒がいきなり仕事を辞めたって言ってきた時、ひっくり返って心配したよな。すっかり手を離れたと思っていたのに、まだまだ目を離せないと不安になったんだ。だが、こうやって流れ着いた先でちゃんと居場所を作れるんだから、きっと何かあっても、なんとかかんとか、雪緒はやっていくんじゃないか」

「そんな、適当な……」

マリエは呟いて、弘海の装った皿を見て笑った。

「盛り付け下手ですね……」

「じゃあ自分でやりなさい」

マリエは弘海から受け取った取り箸で弘海の分の取り皿に同じ物を綺麗に盛り付けてみせた。弘海はふて腐れた顔をした。

「別に、そんな下手な譬え話をされなくてもわかっていますよ。……ねえ、雪緒、お茶漬け美味しいわねえ。思っていたものと違っていても、美味しいものは美味しいのね」

それは、期待していたものと違ってしまった雪緒のことも指しているのだろう。

マリエはもう一度茶碗に口を付けて、茶漬けを流し込んだ。次に茶碗を置く時には、もう茶碗の中は綺麗になっていた。

「美味いぞ、ほら」

「ええ」

弘海に勧められて、マリエはブリの味噌漬け焼きにも箸を付けた。

「雪緒、後でプロフィールは処分しておくから」

そう言いながら、ブリの身を口に運び、嬉しそうに目を細める。

「うん……あと、お見合いも」

「わかってるから、食べることに集中させて」

母の言い草に雪緒は笑ってしまったが、もっともなことだったので、自分も食事に集中することにして、茶漬けを最後の一口まで食べた。

自分たちは、今、ようやく食べることを共有しているのだ。

❄

は？　と雪緒は聞き返してしまった。かなりつっけんどんな言い方になってしまった気がするが、構っていられない。それどころではない。

若菜に礼を言おうと連絡を取ったら、会いたいと言われたので家に招いた。

そうしたら、薫もついてきた。

今二人は祖父母宅から流れてきた古いちゃぶ台を挟んで雪緒の正面に座り、緊張した面持ちでいた。

「お付き合い……してる？　若菜ちゃんと薫が？」

ちょうどコーヒーを出したところだった。まだマグカップからは湯気が上がっている。

頷く薫を前にして、雪緒は口を開けてぼうっとしていた。我に返って若菜に確認する。

「えっ、じゃあ、まさかこの前、デート中にうちの親と遭遇したのって」

「それ、アタシ……」

若菜は気まずそうに答えた。

「黙っているつもりはなかったの。それに、まだ初デートだったし」

「いや、責めてるわけじゃなくて、ただびっくりして……あ！　そっか、だから薫から聞いて、若菜ちゃんが雉村さんたちに声かけてくれたんだ。あの時はありがとうね……」

「ううん、いいの。でも、その……アタシこそ、雪緒さんのご両親が来る前に帰っちゃって」

「あ……ああ、そうか、面識あるから……」

「なんか気まずくなりそうだったから……雉村さんたちがいてくれるから、せめて邪魔しないようにと思って……」

若菜があのまま残っていたら、若菜の話題で持ちきりになって、親の気も散ってしまいそうだ。配慮してくれたのだ。

「色々ありがとう……」

「ううん、そもそもアタシがご両親を誤解させちゃったのが悪いんだし、何かしたくて……その……実はアタシもご両親に話したんだけど、雪緒さんを庇（かば）ってると思われてたのか、あんまり聞いてもらえなくて……」

「なんかごめんね……」

「あ！　あと、結婚……とかはさすがにちょっと……あの、ご両親が誤解しちゃってるだけで……」

そうだった、初デートなのにいきなり結婚を期待されてしまったのだ。我が親ながら雪緒は若菜に同情した。

「うちの親は若菜ちゃん気に入っているみたいだけど……若菜ちゃんは大丈夫そう？苦手なタイプじゃない……？」

「えっ、いやっ、あのっ…………」

若菜が動揺している。訊いてはいけないことだったかなと思い、雪緒は隣で申し訳なさそうにしている薫を見やった。

「……見てないできちんと間に入りなよ……」

「わっ、わかってるよ」

その時デスクに置きっぱなしにしていた雪緒のスマートフォンが、着信を知らせて蠢いた。確認すると「OWL」からだった。訊きたいことがあるんですけど、と彼は送ってきていた。続けて二つ目のメッセージが届く。

『婚活パーティーってどういうことですか？』

雪緒はスマートフォンを取り落としそうになった。そうだった、なんだかんだで、事情を知っているのなら、そこを気にするのは当然なのだ……雪緒は服の下で冷たい汗が肌を伝うのを感じた。

今来客中だから、と心の中で言い訳して、雪緒はそっとスマートフォンをデスクの上に戻した。

薫は、雪緒のデスクを見て、そういえば、と話を変えてきた。

「千春さんから聞いたけど、くま弁のアプリ作ってるって？」

「ああ、うん。まだ開発中だけど。あのね、お弁当の注文をアプリ上で出来て、たとえば家を出る前に注文して着く頃に完成したものを受け取ったりとか、取り置き予約や配達もスマホで出来るようになったりとか、目指しているのはそういうの。今までは公式サイトでメニューを確認して注文しないといけなくて手間だったけど、アプリが完成したらずっと簡単になるんだよ。あとはくま弁はかなり日替わりとか週替わりのメニューが多いから、ユウさんたちが簡単な操作でメニューを変えられるようにしないといけなくて……」

べらべらと早口で説明してしまっていることに気付いて、雪緒は口を噤んだ。若菜は目をきらきら輝かせている。

「えー、いいね！　めちゃくちゃ便利！　前って、スマホ見ながら電話しないといけなかったもんね。スピーカーにしてても周りがうるさいと聞こえにくいしさ。アプリで出来るんならすっごくいいよ！」

「そうだよね！」

わっと雪緒と若菜は手を取り合って喜んだ。

「ユウさんたちからお金もらってるの？」

薫が現実的な話を突っ込んで来たが、雪緒は力強く頷いた。

「勿論(もちろん)。でもそもそもの見積もりが難しかったよ、スマホアプリなんて久しぶりだし……でもね、やっぱりやりがいがあるというか、こういうの好きなんだなあって思ったよ」

薫はおかきを口に放り込みながら言った。

「やっぱり、そういう方面に行くの？」

「え……うーん……」

若菜もおかきに手を出している。カレー味のおかきはついつい手が出て止まらなくなる。

「そうだねえ、できたらいいかもね。こういう……小さな案件を自分の手の届く範囲でっていうの。実はさすがに私一人だとデザインとかおっつかないからそっちは知り合いも一緒にやってるんだけど」

「へ～、誰？」

「タモツさんって人」

「たも……!?」

タモツの名前に反応したのは薫ではなくおかきを頬張っていた若菜だった。

むせる彼女に薫が水を持ってきて差し出し、それを飲んだ若菜は、まだ咳(せ)き込みながらも言った。

「あの、タモツ、タモツ先輩？　桂君の先輩の」

「知ってる？」

「知ってるよ～、アタシも同じ高校出身で……えっ、あの人大丈夫？」

「うん……まあ、たぶん……」

本当か？　という疑わしげな目で若菜に見られて、雪緒も少し不安にはなった。

「まあ、でも、こういうのいいなあって。相手の依頼をね、プログラムに落とし込むの、やっぱり好きなんだなって思ったよ。小さな会社の方がいいなあ、自分の目が行き届くような……プロジェクト全体を通して、自分がちゃんと納得して細部まで関わっていけるような」

雪緒の話を聞いて、若菜はまたカレーおかきに手を伸ばして言った。

「それなら自分で会社を立ち上げれば？」

雪緒は、ぱちくりと何度も瞬きをした。考えたこともない選択肢だった。

「それはそれで難しいでしょ」

薫が気楽そうに言ったが、雪緒の顔を見て口を噤んだ。

「自分で……」

胸が締め付けられるように感じた。どくどくと耳の奥で心臓の音がするようだ。呼吸が浅くなっていることに気付いて、深く息をした。

いやいや、どれだけそれが難しいことだと思うんだ。何のあてもないし、そもそもこまで高い技術を持っている自信はないぞ……と内心で思いつつ、しかし胸はどきどきと高鳴って苦しいくらいだ。

冷静に……冷静にいよう。

これからゆっくり考えればいい。

雪緒は微笑んで立ち上がった。

「コーヒー、お代わり持ってくるね」

カレーおかきの取り合いをしていた薫と若菜は、ありがとう、と声を揃えて言った。

本書は書き下ろしです。
この作品はフィクションです。実在の人物、団体等とは一切関係ありません。

弁当屋さんのおもてなし

しあわせ宅配篇3

喜多みどり

令和3年 10月25日　初版発行
令和5年 12月15日　4版発行

発行者●山下直久

発行●株式会社KADOKAWA
〒102-8177　東京都千代田区富士見2-13-3
電話　0570-002-301（ナビダイヤル）

角川文庫 22885

印刷所●株式会社KADOKAWA
製本所●株式会社KADOKAWA

表紙画●和田三造

●お問い合わせ
https://www.kadokawa.co.jp/（「お問い合わせ」へお進みください）
※内容によっては、お答えできない場合があります。
※サポートは日本国内のみとさせていただきます。
※Japanese text only

ISBN 978-4-04-111938-9　C0193

◆◇◇

角川文庫発刊に際して

角川源義

第二次世界大戦の敗北は、軍事力の敗北であった以上に、私たちの若い文化力の敗退であった。私たちの文化が戦争に対して如何に無力であり、単なるあだ花に過ぎなかったかを、私たちは身を以て体験し痛感した。西洋近代文化の摂取にとって、明治以後八十年の歳月は決して短かすぎたとは言えない。にもかかわらず、近代文化の伝統を確立し、自由な批判と柔軟な良識に富む文化層として自らを形成することに私たちは失敗して来た。そしてこれは、各層への文化の普及滲透を任務とする出版人の責任でもあった。

一九四五年以来、私たちは再び振出しに戻り、第一歩から踏み出すことを余儀なくされた。これは大きな不幸ではあるが、反面、これまでの混沌・未熟・歪曲の中にあった我が国の文化に秩序と確たる基礎を齎らすためには絶好の機会でもある。角川書店は、このような祖国の文化的危機にあたり、微力をも顧みず再建の礎石たるべき抱負と決意とをもって出発したが、ここに創立以来の念願を果すべく角川文庫を発刊する。これまで刊行されたあらゆる全集叢書文庫類の長所と短所とを検討し、古今東西の不朽の典籍を、良心的編集のもとに、廉価に、そして書架にふさわしい美本として、多くのひとびとに提供しようとする。しかし私たちは徒らに百科全書的な知識のジレッタントを作ることを目的とせず、あくまで祖国の文化に秩序と再建への道を示し、この文庫を角川書店の栄ある事業として、今後永久に継続発展せしめ、学芸と教養との殿堂として大成せんことを期したい。多くの読書子の愛情ある忠言と支持とによって、この希望と抱負とを完遂せしめられんことを願う。

一九四九年五月三日